THE
42ND ST.
BAND

RENATO RUSSO

THE 42ND ST. BAND

ROMANCE DE UMA BANDA IMAGINÁRIA

ORGANIZAÇÃO
Tarso de Melo

TRADUÇÃO
Guilherme Gontijo Flores

COMPANHIA DAS LETRAS

Copyright do texto © 2016 by Legião Urbana Produções Artístiscas Ltda.

Grafia atualizada segundo o Acordo Ortográfico da Língua Portuguesa de 1990, que entrou em vigor no Brasil em 2009.

PROJETO GRÁFICO E CAPA
Elisa von Randow

ILUSTRAÇÕES
Nina Farkas

FOTO DE CAPA
Burt Glinn/ Magnum Photos/ Latinstock (capa)
Ricardo Junqueira/ Acervo Legião Urbana Produções Artísticas (quarta capa)

DIGITAÇÃO
Nora Augusta Corrêa

PREPARAÇÃO
Ana Cecília Agua de Melo

REVISÃO
Huendel Viana
Isabel Jorge Cury

Agradecemos a Patrícia Lira e Fabiana Ribeiro, do Museu da Imagem e do Som (MIS-SP), pelo apoio à pesquisa de originais e, em especial, à equipe da Legião Urbana Produções

Os personagens e as situações desta obra são reais apenas no universo da ficção; não se referem a pessoas e fatos concretos, e não emitem opinião sobre eles.

Dados Internacionais de Catalogação na Publicação (CIP)
(Câmara Brasileira do Livro, SP, Brasil)

Russo, Renato, 1960-1996.
    The 42nd St. Band : romance de uma banda imaginária / Renato Russo ; organização Tarso de Melo ; tradução Guilherme Gontijo Flores. — 1ª ed. — São Paulo : Companhia das Letras, 2016.

    ISBN 978-85-359-2656-9

    1. Romance brasileiro I. Melo, Tarso de. II. Título.

16-04521   CDD-869.3

    Índice para catálogo sistemático:
    1. Romance : Literatura brasileira 869.3

[2016]
Todos os direitos desta edição reservados à
EDITORA SCHWARCZ S.A.
Rua Bandeira Paulista, 702, cj. 32
04532-002 — São Paulo — SP
Telefone: (11) 3707-3500
Fax: (11) 3707-3501
www.companhiadasletras.com.br
www.blogdacompanhia.com.br
facebook.com/companhiadasletras
instagram.com/companhiadasletras
twitter.com/cialetras

SUMÁRIO

8 Nota editorial

A HISTÓRIA DA BANDA

13 Os integrantes da 42nd St. Band ao longo dos anos, em suas várias formações
14 O nascimento de três gênios do rock
20 Os anos de formação de Nicholas Beauvy
43 "Eu odeio terno!"
47 A 42nd St. Band se forma e parte rumo ao primeiro álbum — *The 42nd St. Band* (1975)
57 The 42nd St. Band: primeira formação
58 Eric Russell fala sobre *Morning Blues* (1976)
63 Entenda a crise da 42nd St. Band depois de *Morning Blues*
68 Eric Russell fala sobre o álbum solo *Eric Russell/Nicholas Beauvy* (1977)
73 Mais duas perguntas
74 Resumo dos acontecimentos: Os quatro primeiros anos da 42nd St. Band
78 Segunda formação da 42nd St. Band
79 Na Califórnia
81 1870, um álbum cancelado (1979)
83 Eric Russell fala sobre o álbum *Country Jam* (1979)
85 Papo de palco
88 Um diálogo — Jesse Philips encontra Jeff Pratt na Califórnia
91 As grandes mudanças na 42nd St. Band
97 Retrospectiva: Os álbuns, os singles e as reviravoltas da 42nd St. Band de 1974 a 1982
101 1982 — Retrospectiva de um ano histórico

103 Terceira formação da 42nd St. Band
104 A morte de Allan
107 Sobre Allan Reeves — *Friends Forever*, de Eric Russell
112 "Daisy Hawkins"
114 Algumas notas sobre a trajetória de Allan Reeves
116 A vida continua — turnê pela Europa
118 Da aclamação à hostilidade da imprensa
121 A gravação de um ensaio da 42nd St. Band na Califórnia
128 Uma entrevista chapada no Havaí
134 The Oahu Rag
136 "Blues do boquete"
138 21 de janeiro de 1988: John Robbins em Londres
140 Último show ao vivo
141 O que acontece depois da separação da banda?
143 E agora um pouco sobre a vida familiar
144 Detalhes mórbidos: Quem morre e quando?

RESUMO DA ÓPERA

149 Primeiras gravações
152 Linha do tempo
154 Discografia até 1987
156 Discografia — 2ª versão
158 Discografia com datas e fases
160 Notas sobre alguns dos álbuns das fases finais
165 Canções para um álbum gótico
167 Uma canção do álbum gótico: "Fallen Angel"
168 Lista de faixas dos álbuns da 42nd St. Band
    (julho de 1974-fevereiro de 1977)
175 Lista de singles
178 Lista de músicas
184 Sobras & novas canções

190 As turnês da 42nd St. Band pelo mundo
194 Principais cidades visitadas
197 Obras completas de Eric Russell (1960-2000)

217 *Glossário de termos musicais*
221 *Créditos das imagens*

NOTA EDITORIAL

THE 42ND ST. BAND é a história de uma banda imaginária de rock criada por Renato Russo — à época, um adolescente entre os quinze e os dezesseis anos (1975-76), em Brasília, chamado Renato Manfredini Jr. O material aqui reunido foi todo escrito originalmente em inglês e estava disperso em cadernos e folhas soltas que Renato, fechado em seu quarto, preenchia enquanto se recuperava da epifisiólise, uma rara doença óssea que o levou a uma cirurgia mal sucedida — um pino fora aplicado sobre seu nervo.

Cronologias, discos, entrevistas, histórias, trabalhos paralelos dos músicos — tudo foi inventado por Renato. Mas sua ficção tem muitos elementos da realidade de então, referências a artistas e obras contemporâneos à 42nd St. Band, o que dá ainda mais força a este conjunto de textos, revelando como aquele que viria a ser um dos maiores artistas brasileiros de todos os tempos dialogava intimamente com seus ídolos e gestava, assim, uma personalidade rica, complexa e seguramente à altura do que mais admirava.

Como alguns dos textos estavam espalhados, o discurso muitas vezes começa ou termina bruscamente, além de apresentar repetições e divergências de informações. Mais do que um projeto "inacabado", porém, *The 42nd St. Band* é um romance fragmentário. Nas entrevistas, por exemplo, Renato simula uma conversa ambiente entrecortada por diversas razões, como ele devia imaginar que eram as conversas dos artistas no camarim de suas apresentações, cercados por jornalistas cheios de curiosidades.

Optamos, assim, por apresentar os textos numa ordem bastante livre e com muitas de suas características originais, porque não parece ser uma exigência do projeto de Renato que a história viesse a ser rigorosamente "fechada". A 42nd St. Band é, como as bandas que Renato admirava e aquelas de que participou, uma reunião de pessoas criativas demais para serem definidas num perfil único, estável, simples.

Não por outra razão, o leitor notará que álbuns são planejados, cancelados, lançados, relançados. A história da 42nd St. Band é fluida e aberta, como em geral é a história das bandas que ganharam fama. Lacunas de datas e nomes permaneceram, e cabe ao leitor preenchê-las com sua imaginação.

Depois desse período, Renato adota o sobrenome do líder da 42nd St. Band (Russell, uma homenagem a Bertrand Russell e Jean-Jacques Rousseau, vira Russo) e sai às ruas para ser o Renato Russo que conhecemos. Em Russell, há o mesmo espírito de liderança, criatividade e paixão pela arte que sempre vimos em Renato. É incrível como muito do que faria na criação da Legião Urbana tem a ver com os rumos da banda imaginária. Alguns títulos de música, como "Aloha", já estão anunciados aqui.

Mais que isso: é como se a banda real de Renato saltasse dos cadernos da 42nd St. Band e fosse a continuação mais palpável e mais impressionante daquela banda que só tocou em sua cabeça genial.

A HISTÓRIA DA BANDA

OS INTEGRANTES DA 42ND ST. BAND AO LONGO DOS ANOS, EM SUAS VÁRIAS FORMAÇÕES

MARK BEAUVY: guitarra, vocal, percussão
DANIEL GROOVES: guitarra e violão
JEFF BECK: guitarra e violão
MICK TAYLOR: guitarra e violão de seis e doze cordas, bandolim, baixo, vocal, percussão, pedal steel, dobro
ALLAN REEVES: teclado, vocal
ERIC RUSSELL: baixo, violão solo, cítara, bandolim, banjo, percussão, guitarra base, violão de doze cordas hammer dulcimer, vocal
NICHOLAS BEAUVY: violão e guitarra de seis e doze cordas de base e solo, gaita, vocal, percussão, pedal steel, dobro, banjo, baixo
JEFF PRATT: violão e guitarra de seis e doze cordas de base e solo, vocal, percussão, hammer dulcimer de dezesseis cordas, baixo
JOHN ROBBINS: vocal, piano, bateria, percussão, guitarra base, metais (saxofone, trompete)
JON BUCK: teclado, vocal, metais (saxofone, trompete, clarinete)
JESSE PHILIPS: bateria, percussão, bandolim, banjo, rabeca, violão de seis e doze cordas

O NASCIMENTO DE TRÊS GÊNIOS DO ROCK

1955 — Nascem os três gênios do rock que mais tarde irão formar a 42nd St. Band. Eles são primos. Eric Russell (16 de março), Nick Beauvy (12 de abril), Jesse Philips (23 de junho); em Londres, Los Angeles e San Diego respectivamente. Como a mãe de Beauvy é irmã da mãe de Philips e as famílias vivem a poucos quilômetros de distância, eles sempre se veem.

1957 — Os Philips vão para o Canadá.

1963 — Mamãe Philips sente saudades e deseja ir à Grã-Bretanha visitar sua família. Eles moram lá por um ano. Jesse conhece seu primo Eric. No verão os Beauvy também vão à Grã-Bretanha. (A Mamãe Beauvy, irmã da Mamãe Philips & do Papai Russell, também sente saudades.) Nick conhece seu primo Eric.

1964 — Os Philips retornam ao Canadá. No verão os Philips e os Beauvy voltam à Grã-Bretanha para visitar os Russell.

1965 — Uma estranha e feliz coincidência. Os Russell deixam a Grã-Bretanha & em novembro vão para L.A. Os Philips também. Os Beauvy já estão lá. As crianças se dão muito bem. Todos os três curtem rock.

1967 — Os três fogem de casa e vão para São Francisco. Muita gente interessante por lá. Estão com doze anos. Depois disso, vão para o Monterey Pop Festival. Seus pais estão preocupados, vão atrás dos jovens e os trazem de volta pra casa.

1968 — Cresce o interesse deles por música. Acompanhado dos pais, Jesse visita os avós em Montana e se interessa por música country. Na volta, ele mostra aos primos algumas fitas que gravou com os baladistas locais. Eric fica muito interessado e também passa a curtir música country. Os dois começam a ter aulas de violão. Jesse troca o violão por bandolim e banjo. Nicky está mais interessado na guitarra.

1969 — Eles fogem de casa outra vez & vão para o Woodstock (junto com Bill, irmão de Jesse). Experiências bacanas, gente bacana etc. Agora estão com catorze anos. Os pais desistem de mantê-los em casa. Naquele mesmo ano eles vão ver os Stones em Altamont. Curtem muito os Stones. De repente, percebem que participaram de três eventos históricos. Surpresa! Eles decidem montar um grupo de rock. O pai de Nick dá para ele uma guitarra e ele começa a aprender sozinho. Por motivos fortuitos, Jesse Philips compra uma bateria para aprender a tocar, Eric Russell, um baixo, e Mark (irmão de Nick), uma guitarra. Eles são péssimos, mas dão pro gasto nos instrumentos acústicos. No verão, o Tio Carl Russell fica na casa de Eric e os ensina a dominar os instrumentos. Tio Carl grava os garotos no estúdio de um amigo. Eric & Jesse continuam com suas aulas: agora estão aprendendo a tocar violão (hillbilly, country, blues), banjo e bandolim.

1970 — O grupo continua com o nome de Music Box, agora com sucesso: fazem pequenos shows em colégios e festas. Tocam muito Stones, Beach Boys & Beatles. Também The Mamas & the Papas, Yardbirds etc.

1971 — Eles vão para o Havaí com os pais. Convencem-nos a deixá-los por lá com o Tio Carl, e é o que acontece. Continuam com o grupo e agora também tocam Led Zep, The Who; começam a curtir reggae, influenciados por um amigo deles, Daniel Groves, que morou na Jamaica. Ficam um ano inteiro no Havaí. Estão com dezesseis anos. O grupo continua, mas sem Mark na guitarra solo. Daniel Groves assume a posição.

1972 — Eles voltam para os Estados Unidos. Já começam a compor músicas próprias. Os Russell, os Philips e os Beauvy planejam voltar à Grã-Bretanha. A técnica dos garotos melhora. Nicholas começa a ter aulas de guitarra para tocar blues, jazz, rock, country-folk. Jesse se concentra em banjo, bandolim e steel guitar. Eric se concentra no violão (hispânico, country, blues, folk) e no baixo. O som deles toma um rumo completamente diferente; mais mellow, country-folk. Agora eles fazem shows regularmente. Mark volta ao grupo.

1973 — Eles recebem a oferta de uma gravadora (Warner Bros.) para gravações de teste. Recusam. Embora o som deles esteja cheio de overdubs, de modo que o uso de um estúdio seria perfeito, os garotos afirmam não querer que a música deles seja controlada por contratos e tal. Querem liberdade para criar. Eles vão para Torremolinos (onde Eric conhece Michelle Baumann, sua futura esposa), Marrakesh, Argel, Jamaica etc., em busca de inspiração e de uma possível nova direção musical. Estão interessados em todas as formas de música. Jesse entra na Universidade da Califórnia para estudar economia, e Eric para estudar artes da comunicação. Nick escolhe música. Os três ainda estão aprendendo a tocar: Nick, guitarra, Eric, baixo, violão, Jesse, banjo, bandolim, violino folk e bateria de vez em quando. Todos saem de casa e vão para o Havaí. O grupo continua.

1974 — Agora eles estão com dezenove anos. De janeiro até junho, no tempo livre, eles fazem gravações independentes em estúdios alugados. Em julho, os Russell e os Philips se mudam para Londres. O grupo Music Box se separa. Nick, ainda nos Estados Unidos, vai para São Francisco trabalhar como músico de estúdio e deixa o curso de música. Jesse está muito, muito interessado na música folk britânica. Passa quase o dia inteiro absorvido pelos estudos de economia. Eric estuda música em Oxford. Conhece Mick Taylor, Oliver Christiann (seu primo) e Allan Reeves (primo de Christiann). Mick Taylor os chama para se juntarem à banda dele com Jeff Beck. Eles topam (Reeves e Russell). Jesse é apresentado a Beck por Eric e passa a tocar bateria e assim nasce a 42nd St. Band. Eric e Jesse dão duro estudando e ao mesmo tempo trabalhando como músicos quase em tempo integral.

1975 — Nick vai para a Inglaterra. Cursa artes da comunicação em Cambridge. Encontra seus primos o tempo todo. Eric sente dificuldade em conciliar vida musical e estudos. Desiste de estudar música. Sente que já aprendeu o suficiente. Escreve para Nick: "Vou virar um astro do rock". Jesse Philips continua seu curso de economia até 1976 (é difícil fazer as duas coisas: música e economia).

1977 — Os primos estão com 22 anos. Jeff Beck deixa a 42nd St. Band e Nick entra para tocar a guitarra base. Taylor assume a guitarra solo. Eric se casa com Michelle. Nick se casa com Marianne Parsons, sua paixão de infância.

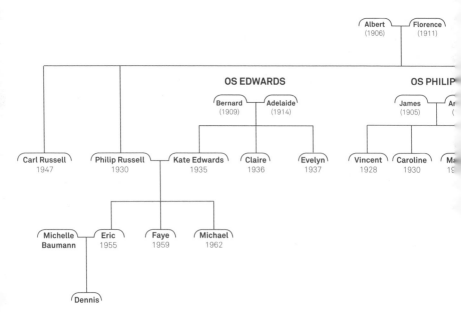

1978 — Jesse se casa com Monica Fields, que ele conheceu em 1973 na Universidade da Califórnia.

1979 — Eric e Jesse terminam a graduação (com dois anos de atraso). Nasce Dennis, filho de Eric e Michelle. Depois chegam Dave, filho de Jesse e Monica, e Brian, de Nick e Marianne.

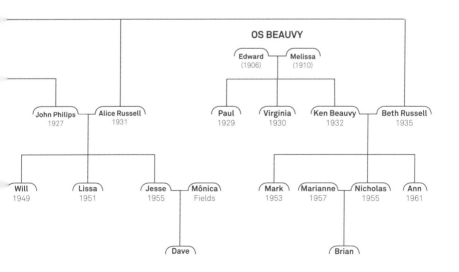

OS ANOS DE FORMAÇÃO DE NICHOLAS BEAUVY

Como foi que você se interessou pela música?
Meu pai tocava num grupo de country & western quando era mais jovem (antes de se casar), depois ele formou uma dupla vocal com o Tio Rick e eles se apresentavam em festas, bailes de escola e coisas do gênero. Mas era só um hobby, quer dizer, ele não ganhava pra isso. Na época, ele trabalhava na Kodak, mas à noite ele ia pra uma rádio, WKB-qualquer-coisa, e fazia um negócio de DJ. Ele tocava muito country-folk, mas lá por 57, 58, começou a tocar rock 'n' roll. No fim, ele se cansou daquilo. Voltou para os discos. Sabe, a rádio não comprava os hits, era o DJ que tinha que fazer isso, então, quando meu pai largou o trampo, ele tinha uma coleção razoável de discos, em geral countries chorosos, mas com um monte de coisas de rock das antigas. Ele guardou o country e deu os quarenta e cinco rotações para o Mark, meu irmão, que era dois anos mais velho que eu. O Mark ouvia esses discos a tarde toda depois da escola, sabe, acho que eu tinha uns seis ou sete anos naquela época. E isso me pegou. No começo, eu odiava aquelas canções, sabe, os discos eram tão sujos, com esse som horrível de estalos, mas depois eu realmente me interessei. Meu pai comprou um toca-discos pra mim, um portátil, com um som até bom. O Mark começou a comprar discos de surf, um troço horrendo. Depois, um dia, no verão de 62, ele arranjou um disco chamado *Surfin' U.S.A.*, de um grupo chamado Beach Boys. Foi isso. Eu sempre pensei em canções, não em grupos, quer

dizer, eu prestava atenção quase só nas canções, porque naquela época os grupos faziam uma canção que seria um hit solitário, pra depois desaparecem completamente. Mas os Beach Boys eram diferentes. Sempre lançavam novos discos, que eram todos de hits. E o que eles cantavam eram temas que me tocavam, de certo modo, porque eu era bem jovem naquela época, quer dizer, o Mark costumava sair de skate com os amigos e ia pra barracas de cachorro-quente e tal; a gente tinha acabado de se mudar pra Long Beach, e eu costumava ir pra lá nos domingos de manhã só pra ver os surfistas. Um dia eu vi um cara que parecia tanto o Dennis Wilson que quase pedi um autógrafo. Além disso, tinha aqueles filmes bobos de festa, sabe, tipo festa na praia, verão dançante, festa do pijama, e eu adorava ir ao cinema ver esses filmes. Eu tinha todos os discos que os Beach Boys haviam lançado, e, no fim das contas, meu pai teve que me dar outro toca-discos porque o meu só tocava quarenta e cinco rotações, e eu estava comprando álbuns, sabe. Em 64 a Tia Alice (mãe do Jesse Philips) foi à Grã-Bretanha visitar a família dela e acabou ficando por lá o ano todo. No verão eles convidaram a gente pra ir também, e a gente foi. Eu nunca tinha visto o Jesse, porque ele vivia no Canadá, e provavelmente nunca me lembraria da minha mãe falando do Eric, embora eu ache que já tinha visto uma foto dele uma vez. Tipo, minha mãe, a Tia Alice e o Tio Philip (pai do Eric Russell) sempre trocavam fotografias e cartas sobre os filhos, sabe. Bom, o Eric se revelou um garoto bem estranho pra mim, quer dizer, em L.A. eu estava acostumado a ver os garotos de jeans e camiseta, mas não cabeludos, nem de jaqueta sem colarinho ou calça apertada. E o Eric vestia umas calças bem apertadas, sem falar no corte de cabelo esquisito, como nos antigos filmes de Ivanhoé, sabe, ele parecia um daqueles escudeiros que eu via na TV. Minha mãe achava ele uma graça, mas eu achava que ele era bicha. Cara, eu estava muito errado. Ele era durão; vivia se gabando das suas brigas de rua e do que ele tinha feito na escola (como roubar os clipes e molhar o giz pra que os professores não conseguissem escrever no quadro, ou levar aranhas pro banheiro das meninas). Me apresentou pra sua "gangue", e eu teria me ferrado se o Jesse não estivesse lá também. O Jesse era mais pé no chão, e eu conseguia conversar com ele sem começar uma briga. Um dia, depois do jantar nos Russell, nós subimos para o quarto do Eric, e eu percebi que havia um toca-discos lá. Perguntei se ele tinha algum disco, e ele abriu uma gaveta debaixo do toca-discos e trouxe um monte de singles e outras coisas estranhas que não eram nem álbuns nem singles. "São EPS", ele me disse. Na verdade, meu pai tinha alguns EPS antigos em casa, mas aqueles foram os primeiros EPS de rock 'n' roll que eu vi na vida. Ele tocou um de um grupo chamado Beatles, me disse que era a última novidade na Grã-Bretanha. Eu nem ousei dizer que nunca tinha ouvido falar de um grupo com um nome tão estranho. Fiquei fascinado pelo Eric porque eu nunca tinha conhecido um garoto da minha idade que gostasse de discos. O Jesse ainda não curtia nenhum tipo de música e, enquanto a gente ouvia "Love Me Do", ele ficava fuçando o quarto do Eric, ou brincando com os aeromodelos do Eric. Eu tinha levado alguns discos dos Beach Boys e toquei pro Eric. Ele ficou alucinado com as histórias de praia que eu contava e vivia me perguntando sobre a praia e os garotos de Long Beach, tipo como eles eram e o que eles faziam e outras coisas. Eu descobri que ele não era tão durão assim e que muita coisa ele fazia só por diversão. Num fim de semana, fomos a Swansea; o Tio Philip tinha uma cabana lá. A gente levou todos os discos, mas na maior parte do tempo a gente ficava andando com um pônei ou explorando alguns lugares. A gente descobriu uma grutinha, e ela foi eleita o nosso lugar secreto. A gente se chamava de "Trio Dinâmico", Jesse, Eric e eu. No fim, o verão terminou, e eu tive de voltar pra casa. O Jesse voltou pro Canadá, e o Eric ficou na Grã-Bretanha. Logo depois, os Beatles estouraram nos EUA, tipo, todo mundo só falava deles e tal. Eu gostei do som deles e trouxe comigo alguns singles dos Beatles, mas o jeito como eles chegaram aos EUA foi um balde de água fria. Tipo, pelo menos em L.A., eles eram um grupo para meninas. Tudo que as meninas conheciam de música eram os Beatles, sempre se gabando do seu Beatle preferido e contando segredos e sonhando acordadas o dia inteiro. Eu curtia mais os Beach Boys, achava o som deles mais limpo, mais bacana, e gostava muito daquelas harmonias vocais. Os Beatles soavam tão primitivos, e eu tinha quase certeza que eles seriam uma mania passageira, sabe. Três hits no primeiro lugar e já teriam desaparecido. Mas então, em 65, pouco antes do Natal, a Tia Alice e o Tio John se mudaram pra L.A. O Jesse tinha mudado muito, ele estava curtindo muito um grupo chamado Rolling Stones. Tocava uns singles pra mim, e eu achava que o som deles era ainda mais pesado e barulhento do que o dos Beatles. Dessa vez ele também estava cabeludo. Ficou surpreso com a minha ignorância musical. Eu ainda estava ouvindo os Beach Boys. Ele disse que a música surf estava por fora. Que os Stones é que estavam por dentro. Ele também usava umas expressões esquisitas como "maneiro", "chapei", "por dentro", "por fora", "vai na sua onda". Sua favorita era "cara". Ele sempre dizia coisas como "Ei, cara, vamos fazer isso", "Ei, cara, vamos fazer aquilo". Tinha aprendido isso com o irmão mais velho dele, o Bill, que tinha dezesseis. A gente tinha dez. Em janeiro de 66, minha mãe recebeu uma carta do Tio Philip dizendo que ele tinha recebido um convite do Chase Manhattan pra ser gerente lá, ou coisa parecida, e que ele estava pensando no assunto. Ele dizia que não queria sair da Grã-Bretanha, mas minha mãe e a Tia Alice insistiram tanto que ele empacotou tudo e veio pra L.A. com a Tia Kate e as crianças (Eric, Faye e Michael). Eu escrevi pro Eric dizendo pra ele vir pra Califórnia ver as praias daqui e os garotos daqui e os drive-ins e os estúdios de cinema e tudo o mais. Eles chegaram dois meses depois e compraram uma casa a dois quarteirões de onde a gente morava. A casa dos Philips ficava na praia, mas eu demorava menos de dez minutos pra chegar lá andando. De bicicleta eu chegava em cinco minutos. O Eric estava igual, tipo, ele continuava parecendo um escudeiro com aquele corte de cabelo, mas tinha mudado muito também, tipo, já não era mais durão e usava jeans e camiseta. E o mais importante de tudo, ele ainda curtia rock. O rock mudou, e nós mudamos também. Eu comecei a ouvir os Stones quando o Jesse me disse que eles gostavam de Beach Boys. Muita coisa estava acontecendo na Califórnia no fim de 66. O irmão mais velho do Jesse, o Bill, foi preso por porte de maconha. Foi um escândalo. Demorou muito tempo pra ele sair de lá. As pessoas contavam histórias sobre jovens que fugiam de casa e iam pra São Francisco virar hippies. Eu tinha um segredo sobre os hippies, eu nunca tinha visto um, mas, pelas histórias que ouvia, eu imaginava que eram criminosos perigosos que sentavam nas calçadas com roupas floridas e cabelos bem compridos, viajando com LSD todo dia. Aí o Eric comprou um single, "Somebody to Love", do Jefferson Airplane, e pirou. Ele vinha lendo alguns artigos sobre os hippies, flower-children e coisas parecidas nas revistas que ele comprava, tipo, *Time*, *Newsweek*, e queria ir pra São Francisco ver com os próprios olhos. Então ele comprou o álbum *Surrealistic Pillow*. Tocou pra mim e pro Jesse, e nós dois compramos uma cópia. O Eric queria desesperadamente uma guitarra. Queria formar um grupo, e a gente planejou tudo: ele tocaria guitarra, eu tocaria baixo e o Jesse ficaria na bateria. A gente passava tardes inteiras pensando em nomes para o grupo. Eu sugeri The L.A. Boys, mas ele dizia que estava completamente por fora. Ele queria um nome psicodélico tipo Pink Elevator ou The Psychedelic Music-Box. O pai dele deu uma guitarra pra ele no fim das contas, mas nada aconteceu, já que meu pai disse que só me daria um baixo depois que eu aprendesse a tocar, e o Tio John disse que nunca deixaria o Jesse tocar num grupo de rock, mesmo que fosse só por diversão, porque ele não queria que o filho dele bancasse o durão, com roupas estranhas e fumando baseado. E a gente só tinha doze anos. Então a gente ouviu falar de um festival de música em Monterey, que o Jefferson Airplane estaria lá e também The Mamas & the Papas. A gente perguntou aos nossos pais se eles deixariam a gente ir, e eles responderam com um sonoro "não". Então o jeito foi fugir de casa. O Eric vendeu a guitarra dele, porque dizia que não adiantava ter uma guitarra e não poder tocar. Ele disse ao Tio Philip que ia vender pra comprar uma bicicleta nova com o dinheiro, mas não comprou. A gente usou a grana pra ir a Monterey de ônibus. A gente chegou lá dois dias antes, e o pessoal lá não deixou a gente entrar porque a gente era jovem demais e sem um maior pra acompanhar. Pegamos o material de camping e simplesmente montamos as barracas do lado de fora da cerca e dormimos por ali mesmo. A gente ficou pensando num jeito de se meter lá dentro. Tinha tanta gente estranha lá, mas eu me perguntava se eram hippies mesmo. Não eram nada perigosos, ou ao menos não pareciam ser. Eles vinham conversar com a gente, alguns deles. Ainda tínhamos uma boa parte da grana, então fomos numa loja comprar umas camisas e calças coloridas. A gente comprou uns cordões e sandálias também. Ficamos com um visual bem bacana. O pessoal pensou que a gente fosse uns flower-kids, e de certa forma até que éramos mesmo. Pelo menos ninguém reparou na gente, quer dizer, tinha pessoas com umas roupas mais bizarras que as nossas. Tinha uma garota com capa de chuva, toda pintada com cores brilhantes. O Jesse me disse que pensou que ela não estava usando nada por baixo. Tinha um cara com a cabeça toda pintada com quadrados e círculos. Fiquei impressionado. Todos nós ficamos. Decidimos virar hippies de verdade e não voltar pra casa. Então um dos caras que vieram falar com a gente disse que era amigo do Bill, irmão do Jesse, e botou a gente pra dentro, dizendo que seria o responsável por nós. É claro que não queríamos que ninguém viesse tomar conta, a gente tinha fugido de casa e tinha certeza que podia se virar, então dissemos pra ele que, depois de entrar, iríamos nos separar; ele foi pra um lado e a gente pro outro. O melhor show foi o do Jefferson Airplane. Tinha uns grupos terríveis, um pessoal que quebrava guitarras, e um cara chamado Jimi Hendrix que botou fogo na guitarra. Eu não gostei do som dele, não fazia sentido pra mim, era só barulho. O Eric disse que, se fosse mais velho, roubaria umas guitarras e uma bateria. Ele pensava que não haveria mal nenhum, já que os instrumentos seriam destruídos de qualquer modo. O grupo mais louco era britânico, chamado The Who. O Eric disse que eles eram amigos dos Rolling Stones. O baterista era louco, quebrou a bateria inteira. Tinha outro grupo chamado The Animals, eles fizeram uma versão horrível de "Paint it Black". Eu não entendia como as pessoas aplaudiam aquilo. É claro que, naquela época, a gente não tinha a menor ideia de quem eram aquelas pessoas. E não tínhamos a menor ideia de que estávamos num evento histórico do rock. Outras coisas interessantes aconteceram: tipo, a gente conversou com Mama Cass e com um bando de hippies. Descobrimos que os hippies eram um pessoal bonito, de verdade. Vimos uns caras filmando o evento, e um deles pediu que a gente andasse bem devagar na frente da câmera. Acho que ele imaginou que éramos hippies de verdade. Mais tarde, quando deu pra ver o filme, a gente não estava lá (ou pelo menos não num close). O Eric assistiu três vezes e disse que encontrou a gente no meio da multidão numa cena, e a gente estava lá mesmo. Era tão empolgante se ver num filme, mesmo que só por alguns segundos. Mas a melhor parte foi quando o Jesse viu o Brian Jones. Não dava pra acreditar. Ele estava numa barraca de hambúrguer perto do palco, conversando com alguém, e a gente passou do lado dele, fingindo que estava comendo. O Jesse queria perguntar se ele era realmente o Brian Jones, mas não teve coragem. O Eric se esticou para escutar o que aquele possível Brian Jones estava falando, ficou ali parado bebendo sua coca-cola, e o homem perguntou quantos anos ele tinha. O Jesse ficou tão empolgado que nem conseguiu falar. O Eric começou a conversar com ele, no seu melhor sotaque britânico, respondendo a perguntas como: "Você é inglês? Como vocês chegaram aqui?". E ele finalmente perguntou pro cara se ele era mesmo o Brian Jones. Ele disse "sim". O Jesse gritou, bem alto: "Brian Jones! Uau!". Acho que a gente deve ter pulado que nem macaco porque ele olhou com cara de espanto. O Jesse disse que tinha todos os discos e tal, e Brian deu um autógrafo pra ele, assinando do lado de dentro de um maço de cigarros que o Jesse pegou no chão. O Jesse ainda tem o autógrafo. Quando a empolgação passou, conversamos com ele por uns dez minutos, mais sobre música. O Eric perguntou sobre drogas. Brian disse pra ele que éramos muito jovens pra pensar nisso e que, se um dia a gente quisesse provar alguma coisa, era melhor só fumar um baseado e nada mais, porque você se vicia em outras drogas e acaba numa pior. Mais tarde o Jesse me contou das histórias que ele tinha lido, que o Brian estava sempre chapado usando speed e muito ácido. Eu me recusei a acreditar nisso. A gente tentou conhecer outras pessoas, mas não rolou. O Eric tentou ir nos bastidores pra conversar com Grace Slick, mas não deu certo. Ele ficou muito impressionado com o Airplane e insistia em ter uma garota no nosso grupo, pra ele cantar perto dela, que nem Marty Balin fazia no palco; Grace & Marty dançavam em volta um do outro como amantes enquanto cantavam. Ele me disse que queria ser namorado da Grace. A gente não sabia quase nada sobre sexo, e ele dizia que só queria ficar perto dela abraçando bem forte. A gente queria ficar por lá e virar hippie, mas já estava quase sem grana. Então decidimos usar a grana que ainda restava na passagem de volta do ônibus. Ficamos com medo do que os nossos pais poderiam fazer; eu achava que a minha mãe me mandaria prum colégio interno ou outro lugar em que pudesse ficar de olho em mim. Quando chegamos na rodoviária, um policial veio perguntar se a gente estava perdido. A gente não estava com a roupa hippie naquela hora, parecíamos garotos normais. Ele levou a gente para a delegacia na rodoviária e perguntou qual era o nome de cada um. Mentimos pra ele, mas no fim das contas ele descobriu quem a gente era e ligou para os nossos pais. Ele tinha um arquivo sobre a gente na mesa, tipo, uma daquelas listas de desaparecidos, fugitivos, sabe. A gente voltou pra casa num carro da polícia. Foi tão rápido que eu nem acreditava. De ônibus demoramos sete horas pra chegar, mas de carro voltamos para L.A. em quatro horas. Os nossos pais estavam nos esperando em Ventura. Os policiais foram bem legais com a gente e no caminho contaram histórias sobre o trabalho deles. Quando chegamos lá, você tinha que ver a cara dos nossos pais. Eles não sabiam se nos batiam por termos fugido de casa ou se nos abraçavam, quer dizer, eles estavam realmente felizes de ver a gente de volta em casa. Mas quando tudo se acalmou, voltando pra Long Beach, meu pai me disse que eu ficaria em casa por duas semanas, que eu não poderia ir ao cinema, nem à praia, nem ver o Eric e o Jesse. Foi a mesma coisa com eles. Tinham planejado juntos. Pelo menos eu ainda podia escutar meus discos. Eu tinha acabado de comprar *Smiley Smile*, dos Beach Boys, e, fora "Good Vibrations" e "Heroes and Villains" (que eu já tinha como singles), achei o álbum péssimo. Nenhuma melodia fazia sentido pra mim, eles davam risadinhas numa faixa e depois tinha uma buzina na outra. Eu nem toquei no disco. Fiquei superdecepcionado. Me senti traído. O Jesse se sentiu do mesmo jeito com *Between Buttons*, dos Stones. A gente não podia se ver, mas dava pra conversar pelo telefone. Mas o Mark e o Bill falavam maravilhas desses discos. E principalmente do álbum *Sgt. Pepper's*. Pelo menos esse eu achava que dava pra ouvir. Mas, de qualquer modo, eu estava decepcionado. Depois que as duas semanas se passaram, a gente se encontrou de novo pra conversar sobre como foi o Monterey Pop Festival. Ele tinha influenciado muito a gente musicalmente. As duas semanas trancados em casa (saindo apenas para a escola) também influenciaram muito a gente. Eu escutei muito a primeira fase dos Beach Boys e o Airplane. O Jesse escutou muito os Stones, e o Eric curtiu os Beatles do período *Rubber Soul*/*Sgt. Pepper's*. É claro que a gente também fez outras coisas, mas, tipo, o que é que dá pra fazer quando você está trancado em casa, a não ser escutar uns discos, ver TV e ler uns livros? A gente também mudou muito depois da ida a Monterey. Eric foi o primeiro.

Começou a economizar a mesada pra comprar pôsteres, ele tinha um incrível do Airplane e outro da Grace Slick. Ele mudou o quarto: tirou os aeromodelos, deu todas as coisas de criança, como ele dizia, pro irmão mais novo, o Michael, comprou almofadas imensas com padrões indianos incríveis. Disse que não compraria mais discos até deixar o quarto todinho do jeito que ele queria. Começou a usar roupas hippies, não tão bizarras quanto aquelas que a gente tinha comprado em Monterey, mas quase. Em três meses, eu e o Jesse tínhamos um quarto que nem o dele e vestíamos os mesmos estilos de roupa que ele. A gente tinha treze na época, em pleno 68. Aí o Jesse começou a falar e ler sobre maconha, sabe, e ele queria provar. O Eric disse pro Jesse que ele nem sabia fumar direito e que teria um acesso de tosse quando fumasse um baseado. Então o Jesse comprou um maço de cigarros e aprendeu a fumar. Eu queria provar maconha também, então pedi que o Jesse me ensinasse a fumar. No fim, nós três aprendemos. O Eric descobriu um livro sobre maconha que praticamente ensinava como fumar. Aí um dia eu estava procurando um livro de história do Mark, porque eu tinha que fazer um trabalho sobre George Washington, mas como não achava, fui olhar no armário dele e encontrei outra coisa. Tinha um buraquinho na parede, por trás das coisas que ele guardava lá, e encontrei uma caixa de baralho com umas ervas que pra mim pareciam grama socada, mas tive quase certeza de que era maconha. Eu tinha achado o esconderijo do meu irmão. Nem suspeitava que ele fosse maconheiro, mas eu já devia desconfiar, porque se você tinha mais de catorze, gostava de rock e morava na Califórnia em 68, só podia ser maconheiro. Eu falei disso pro Eric e pro Jesse, e eles me perguntaram se eu não podia pedir um pouco pro Mark. É claro que eu não podia. Então roubei um pouquinho, já que tinha um monte mesmo. Nenhum de nós sabia como apertar um baseado, então tiramos todo o tabaco de um cigarro e depois enchemos com maconha. A gente tinha preparado tudo, colírio, aromatizador de ambiente, tudo, mas não tinha nem chance de acender em casa. Uns três dias depois, o Eric me ligou e falou pra eu ir pra casa dele, porque não tinha ninguém lá, e eles só voltariam às sete. Eu levei meus discos dos Beach Boys e a preciosa maconha. O Jesse já estava lá todo impaciente. A gente teve que esperar uns dez minutos até o Eric terminar de explicar como fazer e o que iria acontecer. Ele trouxe da cozinha duas garrafas de coca-cola cheias de água e fechou as cortinas, pra que a gente ficasse no escuro, já que eram duas da tarde. Ele colocou umas lâmpadas coloridas no quarto. Estava muito sério. Antes de acender o baseado, ele contou pra gente que, para a maioria das pessoas, nada acontecia na primeira vez. Acendemos, fumamos metade do baseado, e nada aconteceu. A gente ficou superdecepcionado. Ficamos ali sentados, olhando um pra cara do outro e ouvindo *Smiley Smile* dos Beach Boys. O Eric disse que era uma ótima música pra cabeça, mas eu ainda achava o disco horrível. Depois de meia hora a gente acendeu de novo o baseado. O Jesse achou que talvez a gente não tivesse segurado a fumaça o bastante. Então dessa vez quase vomitamos porque demos umas tragadas enormes, sabe, mais de quinze segundos de fumaça no pulmão. Ainda assim, nada aconteceu. Eu levantei pra ir pra casa, mas aí, cara, minha cabeça pesou e eu não consegui ver nada na minha frente acho que por uns dez minutos. Entrei em pânico. Olhei pro Jesse, ele estava rindo da minha cara, e eu pensei: "Qual é a graça?". Não lembro de mais nada daquele dia, a não ser que eu sentei de novo, e o Eric borrifou aromatizador por todo o quarto várias vezes, pra tirar o cheiro da maconha. Eu fiquei com sede, meus olhos pesaram. Nunca tinha tido uma experiência parecida. Então o Eric disse algo como "vamos ouvir o *Smiley Smile*!". Eu lembro que eu queria dizer não, que eu odiava o disco, mas o Eric disse: "Se encostem aí e escutem". O Jesse ficava olhando tudo em volta. E acabou que *Smiley Smile* era o melhor álbum que eu já tinha ouvido na vida, tão estranho e ao mesmo tempo fazia todo sentido. Ficamos sentados ali ouvindo os discos a tarde toda. As canções demoravam incrivelmente pra acabar. O Eric quis sair, ir à praia, e a gente foi com ele. Na verdade, ainda eram quatro horas. Eu não consigo lembrar mais nada, fora o que o Eric e o Jesse me contaram depois, quando a gente já tinha voltado ao normal. Mais tarde, criamos o hábito de acender baseados sempre que dava. A gente não contou pra ninguém que fumava maconha, mas acabamos descobrindo que alguns amigos também fumavam. Comprávamos os saquinhos de erva com um hippie que vivia perto da loja de discos na Ocean Boulevard. Nos fins de semana a gente passava o dia todo chapado e ia ao cinema, via TV etc. A gente nunca provava outra coisa, apesar de certo dia um cara ter oferecido ácido. Não aceitamos, e o Jesse disse pra ele que ácido viciava e deixava a pessoa numa pior. "Ah, é? E quem te disse isso?", o garoto perguntou. "Brian Jones, no Monterey Pop Festival", ele respondeu. O garoto calou a boca. Naquele ano ainda, o Jesse foi para Montana com os pais visitar os avós e voltou com umas fitas dos baladistas locais. Ele ficou interessado pelo country-folk e pelo country & western de Nashville. Ele ia sempre lá pra casa escutar os discos de country do meu pai. O Eric também entrou na onda do country-folk e começou a fazer aula de violão. O Jesse aprendeu a tocar banjo e depois violão também. Eles diziam que no começo as pontas dos dedos doíam tanto que eles não queriam nunca mais encostar num instrumento de cordas, mas no fim eles aprenderam a tocar, e a tocar até bem. Eles faziam uma dupla vocal de "Old Chisholm Trail". Eric cantava a melodia, e Philip, a harmonia. Eu também entrei na jogada, mas só cantava. Aí meu pai me disse que se eu aprendesse a tocar violão ele compraria uma guitarra pra mim. E lá fui eu. Em quatro meses eu sabia tocar mais de vinte músicas e tentava tocar "Embryonic Journey", uma música acústica do *Surrealistic Pillow* do Airplane. Eu não conseguia tocar sozinho, porque era muito difícil, mas conseguia tocar junto com o Jesse no banjo e o Eric no violão solo. Nunca quis tocar violão solo, só a base, tipo, eu não tinha paciência de sentar e tirar um solo inteiro, nota por nota. E não conseguia ler bem uma partitura, ao contrário do Jesse. A gente aprendeu a tocar "Comin' Back to Me", do mesmo álbum. O Jesse tocava a flauta solo no banjo, o Eric fazia o violão solo e eu a base. Eu cantava porque tocava a parte mais fácil da música; o Eric disse que nunca seria capaz de cantar e tocar violão solo ao mesmo tempo. Ele tentou uma vez, e o Jesse também, mas se atrapalhavam tanto na hora do solo que simplesmente esqueciam de cantar. É claro que o nosso som não era perfeito, mas, depois de aprender a tocar, a gente finalmente poderia chegar nos instrumentos que mais interessavam: a guitarra pra mim, o baixo pro Eric e a bateria pro Jesse. O Mark entrou na jogada também e comprou uma guitarra Fender de segunda mão e um amplificador. Todos nós cantávamos. No começo, o Jesse não cantava porque se confundia com a bateria. Ele dizia que era mais difícil do que cantar e tocar um solo no banjo. A primeira música que a gente preparou foi "Surfin' U.S.A.". Escolhemos essa porque parecia fácil, e realmente era, e também todos poderiam cantar já que ela tinha uma harmonia vocal de quatro partes. Gravamos a performance e, quando paramos pra escutar a fita, estava horrível. Não tinha baixo suficiente, os vocais eram uns guinchos, os violões estavam desafinados, a bateria soava como se alguém batucasse numa caixinha de fósforo usando um par de canetas. Mas tudo terminou perfeito: o Eric comprou um amplificador imenso de baixo no lugar do pequeno amplificador de guitarra que ele tinha, a gente comprou microfones especiais pros vocais e também pra bateria do Jesse. Ele comprou também um bumbo enorme e um novo chimbal e pratos. E meu pai comprou pra mim um novo amplificador de guitarra. O Mark passou a usar o meu junto com outro que ele já tinha. A gente escolheu outra canção dos Beach Boys e dessa vez foi "Fun, Fun, Fun". Gravamos depois de tocar umas vinte vezes, e dessa vez soou surpreendentemente bem. Então a gente tocou "Surfin' U.S.A." de novo e aprendeu a tocar todas as canções de *Surrealistic Pillow*, menos "She Has Funny Cars", de que a gente não gostava. O Eric disse que a nossa versão de "White Rabbit" era quase tão boa quanto a do Airplane. Em meados de 69 a gente conseguia tocar umas trinta músicas, a maior parte dos Beach Boys, Jefferson Airplane, Stones e The Mamas & the Papas. O Eric ainda estava apaixonado por Grace Slick e ainda insistia em ter uma cantora no grupo. Ele andava pela escola perguntando às pessoas se elas conheciam alguém que cantasse como a Grace e até pregou um cartaz no mural da escola. Ele tentava descobrir como cantar do lado de uma garota, tipo o Marty Balin cantando com seu baixo amarrado no ombro. A gente só tocava as músicas, na verdade, era uma coisa medonha de se ver, a gente sabia, então começamos a praticar como cantar, tocar e se mexer no palco como performers de verdade. O Tio Carl veio um dia e viu a gente dançando enquanto fingia tocar. Ele nunca tinha visto a gente tocar, e lá estávamos, com um toca-discos bem alto, dublando a música. Ele riu muito e disse que aquilo era ridículo e que ele duvidava que a gente realmente tocasse alguma coisa. "Ah, é?", a gente disse, e depois ligamos os amplificadores bem alto e tocamos "Somebody to Love", ao mesmo tempo que interpretávamos pra valer pela primeira vez. O Eric fez a primeira voz, tipo, num estilo Jagger, sabe, e eu imitei Jorma Kaukonen enquanto tocava. O Mark fez o solo igual ao do Jeff Beck. O Jesse tocou como Dennis Wilson. O Tio Carl ficou surpreso, disse que a gente era bom, que a gente tocava tão bem quanto ele. Ficamos olhando pra ele. Ele tocava guitarra? Ninguém nunca nos disse nada sobre o assunto. Talvez eles quisessem fazer alguma surpresa. Fomos até o carro dele pra ajudar a tirar as coisas, e tinha uma guitarra Gibson-precision novinha em folha, daquela que Carl Wilson usava, e um amplificador Maxwell. Ele ligou tudo e perguntou se a gente conseguia dar um ritmo de base para ele fazer um solo. Eu olhei pro Eric, depois pro Jesse. Como eu, eles não sabiam o que era dar um ritmo de base. O Mark disse pra ele que a gente só sabia tocar o que tinha ouvido num disco antes, a gente não sabia improvisar uma jam. Eu nem sabia o que era uma jam. "É a vida", ele disse, "vocês tocam tão bem que eu pensei que dominassem os instrumentos!" Ele disse pra gente o que significava "dominar os instrumentos" e também o que era uma jam. Ele tinha vindo pra L.A. pedir dinheiro ao Tio Philip. Planejou ficar uma semana, mas passou um mês inteiro na casa do Eric. A gente aprendeu muita coisa com o Tio Carl. Ele ensinou como tocar sem ter que olhar para os instrumentos, como improvisar e como afinar bem as guitarras. Ensinou um monte de músicas novas. Minha favorita era "Stray Cat Blues", dos Stones. Ele morava em Nova York e trabalhava como professor de matemática numa escola pública no Queens, era músico meio período, tocava em colégios e pequenos auditórios só por diversão. Podia ter sido famoso se quisesse, porque tocava tão bem & poderia lançar um disco a qualquer hora, já que conhecia todas as pessoas do mercado musical e também todos os donos de estúdio. Ele nos contou todas aquelas histórias sobre grupos, bandas, que é como ele chamava, groupies, apreensão de drogas, escândalos etc. Como sempre, a gente ficou muito impressionado. Ele contou que ia rolar um grande festival no verão, perto de Nova York, e que provavelmente o Airplane tocaria lá. Seria um festival de música de três dias, todos os grupos importantes estariam lá. Perguntamos se ele podia levar a gente e contamos que com doze anos tínhamos fugido de casa para ir a Monterey. Ele não acreditou. Mas no fim disse que nos levaria, mas só se nossos pais concordassem. Eu não perderia uma chance daquelas. O Tio Carl contou que, se tudo corresse conforme o planejado, seria dez vezes mais importante que o Monterey Pop Festival. Na verdade, ele disse que provavelmente não poderia ficar lá, mas que nos deixaria ficar na casa dele em Nova York, e que de lá a gente poderia pegar um ônibus, ou então o Bill nos levaria até lá. O Eric só pensava no Airplane, que a gente já tinha visto quatro vezes em L.A. Ele ainda estava apaixonado por Grace Slick, na verdade, estava determinado a ser um groupie dela. Assim que as nossas aulas acabaram na escola, a gente se preparou para ir a Nova York. O Tio Carl queria fazer umas gravações a sério do nosso grupo e planejava chamar um amigo que tinha um pequeno estúdio de gravação com seis canais, pra ver se a gente poderia usar o estúdio. Ele disse que tudo bem, e lá fomos nós, rumo a Nova York. A gente chegou lá no começo de julho de 1969, Eric, Jesse, Mark, Bill, Donna (a namorada do Bill), Tio Carl & eu. Nunca tínhamos ido pra Nova York, então ficamos a maior parte do tempo passeando com o Tio Carl. Nossos pais deram muito dinheiro pra gente, pro Tio Carl não precisar pagar nada. No fim, ele disse que a gente poderia fazer o que bem entendesse com a grana, e que ele mesmo pagaria os gastos com comida etc. Foi muito legal da parte dele, de verdade. Eu comprei um violão de doze cordas que podia ser amplificado e também alguns discos, além de gastar o dinheiro com filmes e coisas do tipo. Eu ainda tinha cem dólares para o Woodstock. O Eric comprou um violão folk grande e também discos. O Jesse comprou um bandolim, porque achou que seria a mesma coisa que tocar um banjo, e, se não fosse, ele daria um jeito de aprender a tocar. A gente não tinha levado os nossos instrumentos, porque o Tio Carl disse que poderíamos usar os da banda dele, além dos que fossem do estúdio, quando a gente fosse lá gravar as fitas. Mas levamos o equipamento de camping. Como talvez o Tio Carl pudesse não dar conta, já que tinha de preparar o programa escolar de setembro, o Mark tinha que cuidar da gente. O Bill não estava lá, tinha ido pra Buffalo com a Donna. Uma semana antes de ir para o Woodstock, a gente entrou no estúdio pra gravar as fitas. O Tio Carl comprou as bobinas, e gravamos duas horas e meia de música. A gente não tinha nenhuma obra original, embora tivesse até tentado uma vez fazer uma canção, a melodia era até boa, mas a letra que a gente escreveu era terrível. Decidimos pular essa. O equipamento do estúdio era muito bom e deu para fazer overdubs com todos os tipos de efeitos. Usamos pedais pela primeira vez. O Tio Carl foi o engenheiro de som. A gente tocava a música inteira de uma vez, do jeito que a gente sabia tocar, mas só os instrumentos eram gravados, mesmo que a gente cantasse ao mesmo tempo. Depois vinham os vocais e overdubs vocais e por fim a música de novo, mas dessa vez os solos e as bases de percussão. Os integrantes da banda eram: Eric — baixo, violão, Jesse — bateria, banjo, violão, Mark — guitarra base e solo, Carl Russell — teclado, violão, guitarra, e eu tocando violão base. Todos nós tocamos percussão e todos nós cantamos, fora o Tio Carl. A gente ia ao estúdio todo dia às nove e ficava lá até meio-dia e meia. Aí a gente almoçava e continuava das três às sete. As fitas seriam mixadas pelo próprio Tio Carl, enquanto a gente estivesse em Woodstock. Levaríamos o nosso equipamento de camping: três barracas, um pequeno fogareiro e muita comida enlatada, sopas instantâneas, macarrão instantâneo, tudo que fosse comida, porque o Tio Carl disse que, embora a expectativa fosse de cem mil pessoas, ele sabia que apareceria mais do que o dobro daquele número e que não haveria comida suficiente para uma multidão daquelas por mais de três dias. A gente tomou um ônibus até Bethel, e o Bill deveria levar a gente de carro até o festival, mas ele não estava lá. Aí a gente pegou carona com uns hippies num ônibus hippie. Tinha um trânsito tão inacreditável na estrada e o ônibus estava tão lotado que a gente resolveu ir a pé. O Eric queria ficar perto do palco, mas a gente sabia que seria impossível. Por isso montamos as barracas num bosque, sabe, a cerca de setecentos metros do palco. O plano era ficar por lá e, quando alguém interessante aparecesse, a gente chegaria perto do palco. O lugar estava lotando rápido. Na segunda noite, surgiu um cara dizendo pra gente chegar mais perto, porque mais de cem mil pessoas já estavam ali, e mais duzentas mil estavam indo para Bethel naquele momento. Então a gente juntou as nossas coisas e começou a procurar onde ficar. Achamos um lugar também no bosque, mas de onde daria pra ver tudo que acontecia no palco, já que ficava num morro, tipo, você olhava pra baixo, pro vale cheio de gente, e o Eric tinha levado a luneta do pai. A gente também conseguia ouvir as bandas, mas não tão bem. Era como se um cara do nosso lado tivesse um rádio que desse pra ouvir. Eu nunca vi tanta gente na minha vida. O Jesse tinha levado uns trinta baseados, já enrolados. A gente acendeu um e esperou. Tinha gente chegando num ritmo inacreditável, eu nunca vi tanta gente na minha vida. Todo tipo de maluco acampava ao lado das nossas barracas. Ficamos num tipo de clareira, com visão para o vale. Então, depois que umas vinte pessoas foram armar acampamento ali perto, não tinha lugar pra mais ninguém. Era bom porque a gente fazia fogueira e sentava em volta, cantando. Os hippies tinham levado violões, e a gente ficava sentado por ali tocando Jefferson Airplane e fumando maconha. Eles ficaram surpresos com a nossa idade. Tinha um cara lá que gostava de se autodenominar Flash Gordon e que tinha estado em Monterey. Teve um hippie gay que tentou chupar o Jesse. Ele não era nada afeminado, acho que era bi. O show ia começar em três horas, e as pessoas subiam ao palco para dar recados pelo microfone à multidão. O Flash foi lá e disse: "As pessoas na clareira querem dizer a todos vocês, crianças lindas, que nós amamos demais vocês. Amem uns aos outros. Unam-se. Somos uma grande família. Nós amamos vocês, irmãos, amamos vocês, irmãs". Ele ganhou um grande aplauso; na verdade, acho que foi uma das mensagens mais aplaudidas. E nós fomos os primeiros a chegar na clareira: Eric, Jesse, Mark e eu. Os grupos que tocavam lá nem eram tão ruins, mas a gente simplesmente não estava interessado na música. A gente rodava por toda parte, falando com as pessoas, olhando as barracas e tal. Ficava imaginando se o Bill estava lá. Acabamos vendo apenas dois grupos: um novo, com um nome comprido (era o CSN&Y). A gente foi ver porque o Eric disse que o "Nash" do título era Graham Nash, dos Hollies. A gente não conhecia os outros, exceto o Crosby, que todos conheciam dos Byrds. É claro que a gente viu tudo que acontecia, mas só chegou perto do palco no show do Airplane. Mas daí a gente chegou lá meia hora antes, sabendo que eles seriam os próximos a tocar, porque tinham anunciado nos microfones. A gente ficou bem perto do palco. Aí Spencer Davis entrou, depois Cassidy & Kaukonen, depois Kantner e Balin, e por fim Grace Slick. O Eric quase desmaiou, a Grace realmente estava mais linda e mais sexy do que nunca. A performance deles foi a melhor. Eu esperava que os Beach Boys aparecessem, mas não apareceram. O Eric tentou entrar nos bastidores pra conversar com a Grace. Todos nós tentamos, na verdade, mas não deu. Os policiais não deixaram, então a gente voltou pra clareira. O Eric ficou por lá. Disse depois que conseguiu entrar e conversar com ela, e que ela deu um beijo nele. A gente não acreditou, óbvio, mas em 1977, na nossa turnê norte-americana, eu chamei ela de lado numa festa e perguntei se ainda se lembrava de um garoto de catorze anos tentando entrar nos bastidores do Woodstock. Ela ainda lembrava e perguntou se tinha sido eu. Eu disse que tinha sido o Eric. Ela riu muito e fez graça. Eu apresentei o Eric para ela, sabe, de um jeito todo formal, de brincadeira. Desde então eles são amigos. O que aconteceu foi que ele começou a perguntar pra um policial se poderia falar com a irmã, disse que seu nome era Eric Vinge (o sobrenome verdadeiro da Grace). O policial não podia deixar ele entrar, mas o Eric viu a Grace e começou a gritar coisas como "Grace, eles não me deixam entrar. Vem cá, conta pra eles que eu sou seu irmão". Ela estava com Balin. Bom, o que ele me contou na época foi que ela pediu ao policial que o deixasse entrar e depois disse: "Mas o que você quer de mim, rapaz?". Ele começou a gaguejar e no fim ela perguntou quantos anos ele tinha, o que ele estava fazendo ali, e por aí vai. O Eric respondeu que tinha visto Grace em Monterey e continuou falando sobre o quanto ele a amava e tal. Ele disse que queria ser um groupie dela e perguntou se ela já tinha um. Em 1969, Grace Slick devia ter pelo menos uns vinte caras em volta dela o tempo todo, mas só falou que tinha um relacionamento e que, mesmo se não tivesse, o Eric era novinho demais pra ela. Mesmo assim deu um beijo na bochecha dele e também um autógrafo. Tinha que pegar um helicóptero de volta para Nova York em vinte minutos. Ela foi muito, muito legal com ele, porque podia ter simplesmente empurrado pra longe, ou falado sobre todos os homens que tentavam alguma coisa com ela. É claro que, se o Eric soubesse disso, teria ficado muito chateado, já que ele não ia gostar de saber que a garota que ele amava saía por aí transando com todo mundo que aparecia pela frente. Na época ele era bem ingênuo em matéria de sexo. Nós éramos ingênuos. Menos o Mark, é claro. Ele foi o único do grupo que não ficou surpreso com as garotas peladas que a gente viu. Mas o Jesse, o Eric e eu ficávamos com tesão toda vez que a gente via uma delas. A gente passava por elas, chegava bem perto, com aquele jeito de quem está achando tudo normal, sabe, fingindo que não estava de fato interessado, que só estava passando por ali. Uma vez um casal que estava sentado na grama começou a conversar com a gente, perguntou de onde a gente vinha e todas aquelas perguntas que a gente já estava cansado de responder. Eles eram de Nova York, do Village, e pensaram que a gente era mesmo flower-children de L.A. Os dois estavam pelados, e a gente ficou com tanta vergonha que nem conseguia conversar. Eles acharam que a gente estava chapado. O Jesse tinha dois baseados, e a gente fumou juntos, nós cinco. Depois disso, eu me acostumei a ver pessoas nuas, mas ainda ficava com tesão toda vez que via uma garota bonita pelada. É claro que isso soa bobo, mas a gente tinha catorze anos na época e nunca tinha transado. Era só punheta e uns amassos com as namoradas da escola, de vez em quando. A gente ficou por lá mais dois dias depois do festival, porque tinha um engarrafamento enorme e de qualquer modo a gente não conseguiria pegar o ônibus de volta pra Nova York, já que tinha toda aquela multidão na pequena rodoviária de Bethel. A gente pegou carona em outro ônibus hippie, eles nos levaram até o Bronx, e de lá a gente foi para o Queens. A gente descobriu que o Tio Carl tinha ido ao Woodstock. Ele disse que tinha nos procurado, obviamente sem nos encontrar. Tinha ficado do outro lado do vale. Falamos pra ele que tínhamos ficado na clareira. Ele tinha ouvido a mensagem do Flash Gordon. Não havia mixado as fitas porque tinha passado todo o tempo trabalhando no programa da escola e, se não tivesse corrido, não teria ido para o Woodstock. Ele disse que tinha andado trinta quilômetros na estrada, por causa do engarrafamento, e chegado lá duas horas antes de o show começar. A gente ainda tinha mais uma semana e meia pra ficar em Nova York, então passamos a maior parte do tempo andando pelo bairro com os garotos de lá. A gente também ia ao centro ver as lojas de discos e aproveitar os cinemas. Comia nas cafeterias. O Tio Carl levou a gente pra fazenda de um amigo dele, em Long Island. Havia uma comunidade hippie lá e eles possuíam alguns instrumentos, então a gente tocou algumas músicas que conhecíamos. O Bill não estava em parte alguma, então a gente voltou pra casa num ônibus Greyhound. Mas não foi tão cansativo assim, tinha uma galera no ônibus, e a gente voltou tocando as músicas no violão e cantando alto pra valer nos bancos de trás.

EU ODEIO TERNO!

Eric Russell, Nicholas Beauvy e Jesse Philips conversam com Greg Halley, da revista *Rolling Stone*, sobre os tempos de Music Box

Greg Halley: A fita está rodando...

Jesse Philips: Então vamos lá.

Eric Russell: Vai demorar muito?

Greg: Ah, depende de quanto vocês têm pra falar.

Nicholas Beauvy: (risos) E isso depende das perguntas que você fizer.

Greg: Bom, em geral, vou perguntar sobre o começo, sabe, Monterey, Havaí.

Eric: Rapaz, eu poderia escrever um livro sobre isso.

Greg: Sim, mas não quero interromper, tipo, vou perguntar algo e vocês vão falando.

Nick: Entendi. Mas por que os três juntos?

Greg: Porque se um de vocês não conseguir se lembrar, tipo, de detalhes ou coisa do gênero, vai ter outra pessoa que lembre. E o que é melhor: terei três versões da mesma história.

Eric: O.k., vamos começar. Vai ser meio biográfico...

Greg: Isso. Hm... A primeira pergunta é: Quando vocês três se conheceram?

Eric: Meu Deus, faz muito tempo...

Nick: É. (risos) Bom, quem começa?

Eric: Você.

Nick: Ahn... quando a gente se conheceu... foi em 1964. Bom, foi mais ou menos assim: o Tio Philip, a Tia Alice e a minha mãe sempre escreviam uns para os outros, sabe, e trocavam fotos. Eu morava em L.A. e o Jesse morava no Canadá, e o Tio Phil insistia em reunir a família no verão, porque nunca tinha visto os sobrinhos e coisa e tal, então lá fomos nós. Ah, eu já conhecia o Jesse, mas não o Eric e, cara, que choque...

Eric: O que você quer dizer com isso?

Jesse: Já sei. Foi a coleira de couro.

Greg: (interessado) Que coleira de couro?
Eric: É. (pergunta) Qual é o problema?
Nick: Veja bem, o Eric se revelou um cara bem estranho —
Eric: (dá um soco em Nick) Vai tomar no cu.
Nick: (risos) É mesmo! Verdade. Ele tinha cabelo comprido, sabe, e usava umas calças bem apertadas e ternos sem colarinho. Eu achei que ele parecia um daqueles escudeiros que eu via na TV, tipo Ivanhoé ou Rei Artur, ou coisa parecida. (risos) Eu tinha certeza de que ele era bicha.
Jesse: Cara, como você errou...
Nick: Ele era superdurão, esse cara aqui.
Eric: Eu não usava ternos sem colarinho. Eram jaquetas sem colarinho. Eu odeio terno.
Nick: Que seja, mas em L.A. eu estava acostumado com garotos de jeans e camiseta, nada de couro! E minha mãe achou ele uma graça.
Eric: Eu sou.
Jesse: Ah, cala a boca, Eric.
Nick: Ele vivia se gabando das brigas de rua que teve e do que ele tinha feito na escola, tipo roubar os clipes e molhar o giz para os professores não conseguirem escrever no quadro, ou levar aranhas pro banheiro das meninas.
Eric: Um dia eu cheguei a mijar num professor. (risos)
Jesse: Meu pai ficou horrorizado quando ouviu isso!
Nick: Ele era o líder de uma gangue, uns cinco ou seis garotos, todos durões como ele.
Eric: Ah, eu batia em todos eles, quando não me obedeciam.
Jesse: Senhor de escravos.
Nick: Agora sério, ele me dava medo pra caralho.
Eric: Sei. Mas eu nunca faria mal a você, de verdade. Você pare-

cia tão limpo e saudável e tão… americano! Além disso, você era meu primo. Só na camiseta e no cachorro-quente. E sempre com aquele skate horroroso.

Nick: (risos) É! Verdade! Eu levava ele comigo pra tudo quanto era lado.

Jesse: Eu tentei levar minha bicicleta, mas sem chance. Tinha a ver com aquele troço. Sem chance, sério mesmo, de contar pro meu pai que o primo Nick estava levando uma prancha de surf com rodas pra Londres.

Eric: Ah, é, eu me lembro. Tentei andar naquela coisa. Caí de bunda. Ei, você se lembra do Dave Diabo?

Jesse: Quem?

Eric: Dave Diabo, era da minha gangue, lembra, de cabelo ruivo e óculos? Outro dia encontrei o figura. Agora mora em Manchester. Não mudou nada.

Nick: Uma vez ele quis me bater.

Eric: Agora ele tem uma banda punk. The City Worms. Bacanérrima.

Nick: Tá. Eu odeio punk. Benditos Beach Boys!

Eric: Você não sabe o que está falando. A new wave é genial.

Nick: Sei, mas não essas coisas tipo City Worms. (risos)

A 42ND ST. BAND SE FORMA E PARTE RUMO AO PRIMEIRO ÁLBUM — *THE 42ND ST. BAND* (1975)

1974

SETEMBRO — Jeff Beck chama Mick Taylor (ainda com os Stones) para uma jam com os amigos Ry Cooder, Collin Allen, Bill Wyman e Mick Jagger. Depois da jam, Jeff Beck e Mick Taylor trocam ideias. Beck está com vontade de formar uma banda. Mick fica muito interessado. Ele pensa em sair dos Stones, não por problemas de direitos autorais ou porque entraria na banda recém-formada de Beck. Ele já pensava no assunto muito antes disso.

Mick vai atrás de amigos para integrar o grupo. Chama Eric Russell, um amigo que toca baixo e violão por diversão. Beck & Taylor convidam Collin Allen, mas ele recusa. Então Beck convida Allan Reeves, um tecladista de estúdio que já tocou com Linda Ronstadt, Average White Band e os Rolling Stones. Ele aceita. Agora eles precisam de um baterista.

OUTUBRO — Eric Russell sugere um amigo para a bateria, Jesse Philips, que toca também bandolim, banjo e violino folk. Ele trabalha em estúdio e já tocou com Elton John & Bad Company, mais por diversão. Eles começam a ensaiar, no começo só blues das antigas. Beck & Taylor começam a trabalhar em canções próprias. Apesar de Russell ser um excelente compositor, ele se sente inseguro de mostrar suas músicas para a banda, mas sugere um arranjo acústico de country-blues para "High Heeled Sneakers". Eles a encaixam no repertório, que a essa altura consiste de (apenas) quatro canções novas e dez blues. Querem fazer uma pequena turnê pela Inglaterra, mas têm poucas músicas. Precisam de mais algumas. No dia 21 de outubro eles alugam um estúdio e em tempo recorde (quinze horas) compõem e arranjam duas músicas: "Wild Love" e "Celebrity" (que, por mais estranho que pareça, não são blues, e sim talvez o resultado final das diferentes formações musicais dos integrantes da banda, já que Beck curte muito blues e soul, Taylor curte blues, rock e jazz, Reeves prefere ragtime, blues, country, rock e música eletrônica, Russell curte baladas de country-folk e Philips prefere folk britânico, country--western e rhythm 'n' blues). O resultado disso é que "Wild Love" é uma música bem percussiva, com frases de guitarra violentas e um baixo martelado, e "Celebrity", em contraste, é uma canção mais no estilo das obras de rock pesado da Bad Company, Linda Ronstadt e Elton John, ao qual a banda acrescenta um toque bem pessoal. A banda ensaia mais. Mick Taylor trabalha em novas músicas e vem com a ideia de assinar um contrato para lançarem um álbum. Eles começam a procurar uma gravadora que se enquadre nas suas exigências: liberdade total (artística) e uma parcela de oito por cento por integrante da banda para cada disco vendido. A Columbia recusa, principalmente pela porcentagem dos direitos autorais, mas também porque a banda tem três desconhecidos, apesar de Beck & Taylor. O grupo WEA pede algumas gravações. Esse cuidado se deve ao fato de que Beck fica entediado muito rápido com uma nova banda depois que acaba a animação inicial (então assinar um contrato tão longo seria inviável), e também porque Taylor tem dois fracassos no currículo (o trio com Carla Bley & o grupo de Jack Bruce). Eric Russell pergunta a um amigo, Oliver Christiann — que tinha criado um novo selo (Sunflower) para a EMI Records e que vai sair da EMI para formar, assim que possível, uma nova gravadora para seu grupo de rock clássico, Aeternum —, se ele não poderia incorporar no seu selo a 42nd St. Band. (Esse contrato valeria apenas para o primeiro disco, pois a Sunflower ainda era quase só um conceito e a impressão do disco e da arte era quase artesanal.) Oliver Christiann assina o contrato.

NOVEMBRO — Russell, Taylor & Philips planejam seu primeiro álbum na Sunflower, mas surgem problemas. A gravadora Sunflower usa um sistema de impressão clássico (mínimo de quinze e máximo de trinta minutos de gravação em cada lado) e a banda tem apenas dezoito minutos por lado. Eles poderiam incorporar ao álbum algum blues das antigas e o problema estaria resolvido, mas querem que o álbum tenha oitenta por cento de material inédito. A única solução é trabalhar em canções novas. Taylor, Russell & Philips começam a trabalhar e lá por 12 de novembro já têm quatro novas canções: "Down by the Railroad Track", composta pelos três; "Texas Rambler", por Philips; "Sunflower", por Taylor; e "Country-Folk Blues", por Russell & Taylor. Russell ainda reluta em mostrar suas canções para a banda, já que são todas baladas country-folk, e a banda é de blues. Eles mostram as canções para Beck e Reeves, e eles as aprovam. Beck tem outro blues na manga, "Rocks & Gravel", que tem um longo solo de tirar o fôlego. As outras faixas são duas canções: uma delas, "Cardboard Blues", como indica o nome, é puro blues selvagem, e a outra, "Nothing Was Delivered", também tem um ritmo pesado, mas com um toque de blues mais leve. O segundo lado do álbum está pronto. Os arranjos também estão quase prontos. A banda só precisa entrar no estúdio para gravar. Mas para o primeiro lado ainda faltam dezesseis minutos, incluindo a faixa de abertura, que a banda quer que seja determinante para o clima do álbum. Parece que a criatividade do grupo se esgotou, mas Beck, Taylor & Reeves aparecem com "Rocking Chair", uma faixa de abertura tradicional para um álbum de blues (bem no estilo de "Celebrity", a primeira faixa do segundo lado, só que com um toque mais pessoal da banda de rock-blues). Taylor, Philips & Russell arranjam a tradicional "Ain't Got No Home in This World Anymore" como uma canção acústica de country-blues (Depois, no estúdio, Jeff Beck acrescenta à faixa uma guitarra solo). Mas ainda faltam oito minutos.

DEZEMBRO — No dia 4 de dezembro eles entram no estúdio para gravar. A gravação segue tranquila, sobretudo porque as faixas estão bem ensaiadas e os arranjos estão prontos (vez por outra um integrante da banda acrescenta um toque aqui e ali). O equipamento do estúdio é excelente, já que precisa dar conta das demandas do Aeternum. (Aeternum é um trio de rock clássico, e são necessários muitos canais de gravação para alcançar um som de orquestra com overdubs simultâneos e infinitos.) Dois mixadores de vinte e quatro canais são usados pelo grupo. Em 12 de dezembro são feitas as faixas brutas. Em 30 de dezembro, todas estão prontas, exceto as duas acústicas: "High Heeled Sneakers" e "Ain't Got No Home in This World Anymore" ("Country-Folk Blues" também é acústica, mas está pronta). Cerca de doze violões são usados nessas duas canções. Mas ainda falta preencher os oito minutos vazios.

1975
JANEIRO — A banda para de trabalhar por um tempo (eles pararam de gravar nos feriados de Natal — de 21 a 27 de dezembro). Beck vai para a França (para o Ano-Novo). Russell vai para os EUA, enquanto o resto da banda fica na Grã-Bretanha. Quando Russell retorna, em 9 de janeiro, traz uma surpresa para todos: a canção que preencherá os oito minutos no lado A. Lá ele encontrou Clive Davis, da Columbia, e foi apresentado a Bruce Springsteen, um talento emergente na cena musical norte-americana. Springsteen logo simpatizou com Russell, eles trocaram ideias e tocaram juntos. Russell chegou a mostrar a Bruce algumas de

suas canções. Ele contou o que estava acontecendo com a banda, então Springsteen ofereceu uma sobra de seu álbum *Born to Run*, que seria lançado no fim daquele ano, e por uma estranha coincidência ela tinha cerca de oito minutos. Russell adorou a música e a levou para a Grã-Bretanha. Tocou primeiro para Reeves, que gostou bastante também, principalmente por causa do impacto da letra e da melodia, mas também porque lhe dava infinitas possibilidades de usar o teclado com criatividade. Depois, Mick Taylor e Jesse Philips também a aprovaram, e os quatro começaram a trabalhar na música. Porém Beck, que ainda estava na França, poderia fazer alguma objeção. Mas, quando chegou, três dias depois, não reclamou. Na verdade, ficou muito, muito entusiasmado com ideias para a guitarra na canção. Russell cantou a primeira voz, o que tornou a música muito sua, embora a introdução e o teclado de Reeves e o trabalho de guitarra de Beck também tenham ajudado a torná-la a melhor faixa do álbum e talvez um novo clássico do rock. A harmonia vocal de Jesse Philips e o overdub do coro eram de tirar o fôlego. Sem falar dos vocais da banda. Jeff Beck não canta, sua guitarra já faz isso por ele. Taylor & Reeves fazem a maior parte dos vocais de apoio e harmonia (embora Reeves faça a primeira voz em "Rocking Chair", e Taylor em "Sunflower"). Russell quase sempre faz a primeira voz ("Cinema Show", "Celebrity", "High Heeled Sneakers", "Nothing Was Delivered"). Nessas quatro músicas, Reeves, Taylor & Philips fazem os vocais de apoio e a harmonia. Philips faz a primeira voz em "Texas Rambler" e "Down by the Railroad Track". Os quatro cantam em "Wild Love". Em "Ain't Got No Home in This World Anymore" há um dueto entre Russell & Phillips, já "Cardboard Blues" e "Rocks & Gravel" são instrumentais. Em "Country-Folk Blues", Mick Taylor e Eric Russell dividem os vocais. No dia 20 de janeiro, eles foram ao estúdio gravar a música e no dia 26 ela estava pronta. O álbum podia ser impresso. Porém ainda faltava fazer a arte-final. O álbum se chamaria apenas 42nd *St. Band*. A banda queria que a capa fosse simples, e assim foi feito. Russell disse que seria inconcebível lançar o álbum sem um encarte com as letras (sobretudo por causa das letras de "Cinema Show" e "Down by the Railroad Track", que eram obras de arte em si). O trabalho fotográfico (uma foto de cada integrante da banda dentro da capa com o encarte, dados, equipe etc.) foi feito por Chris Reeves, primo de Allan. Depois que a capa ficou pronta, começou a impressão final, mas ainda restava o problema de distribuição.

FEVEREIRO — Por ser uma gravadora nova, a Sunflower não conseguia fazer a distribuição por conta própria. Outra gravadora teria de fazer isso. Eles pensaram na EMI, mas a EMI estava muito incomodada com a decisão de Oliver Christiann de abandonar o trabalho sem dar satisfações, então estava fora de cogitação. A WEA ofereceu seus serviços, inclusive distribuição mundial, mas queria vinte por cento de todo o lucro na venda dos discos (inclusive nos EUA). Circularam rumores na imprensa especializada em rock de que de alguma forma a WEA havia conseguido alguns discos (enquanto o trabalho de imprensa ainda estava sendo feito) e sabia do potencial comercial do álbum. Disseram que um dos responsáveis pelo departamento de artistas e repertório da WEA teria afirmado, aspas, que "aquela canção 'Celebrity', se virasse um single, seria platina". Logo todas as gravadoras das mais diferentes localidades começaram a oferecer serviços de distribuição (até a Columbia, que tinha recusado o contrato). O problema foi resolvido de modo relativamente fácil. A Sunflower contratou um pequeno grupo e realizou a distribuição na Grã-Bretanha com sessenta e dois caminhões e dois aviões. Enquanto isso, Oliver Christiann (como representante da Sunflower) e os integrantes da banda juntaram todo o dinheiro possível com a pré-venda na Europa e na América. Uma distribuição para financiar o serviço de distribuições da ainda jovem Sunflower foi feita em tempo recorde (um mês) com ramos em Nova York, Los Angeles, Chicago e Nova Orleans (para os EUA) e em Paris, Estocolmo, Roma e Haia, entre outras cidades da Europa.

MARÇO — O álbum foi lançado na Grã-Bretanha em 16 de março e nos EUA no dia 27. A pré-venda, só na Grã-Bretanha, garantiu à banda um Disco de Ouro (um milhão & meio de discos). A expectativa do público de rock dava medo na banda; podiam não gostar do álbum. Mas gostaram. Os críticos por toda parte saudaram o álbum como o melhor disco de rock dos últimos quatro anos. Um single foi feito, mas não com "Celebrity", e sim com a balada "Sunflower", de Mick Taylor, lançada em 30 de março na Grã-Bretanha.

ABRIL — Embora o disco não tenha alcançado imediatamente o topo da lista dos mais vendidos (tanto na Grã-Bretanha como nos EUA ele teve um crescimento lento e firme, que em geral se revela mais lucrativo), o single chegou lá. Lançado nos EUA no dia 8 de abril, disparou para o primeiro lugar (no dia 14) e lá ficou por seis semanas consecutivas. O sucesso nos EUA se refletiu na Grã-Bretanha, onde alcançou o primeiro lugar no dia 19. O álbum, então, estava na décima posição dos mais vendidos (tanto na Grã-Bretanha como nos EUA). Os integrantes da banda estavam de férias, que se prolongaram por todo o mês de abril e pelas primeiras três semanas de maio. Em 30 de abril, o álbum já tinha vendido cinco milhões de cópias nos EUA e na Grã-Bretanha.

MAIO — No dia 12 de maio, o disco foi lançado mundialmente pelo serviço de distribuição da Sunflower. No dia 22, o single da Sunflower saiu do top-20 na Grã-Bretanha. Nos EUA, ficou na quinta posição. A banda decidiu lançar "Celebrity" como single. Foi lançado (nos EUA e na Grã-Bretanha) no dia 29 de maio. A turnê da banda, que seria realizada em novembro de 1974 e que foi adiada por causa dos problemas com o álbum, já era ansiosamente esperada pelo público. Todos tinham a sensação de que a banda faria sua turnê nos meses seguintes.

JUNHO — O single "Celebrity" confirma a profecia do executivo da WEA: atingiu o primeiro lugar em 10 de junho (nos EUA) e em 16 de junho (Grã-Bretanha), para lá ficar por oito semanas e dez semanas nos mais vendidos (total), tanto na Grã-Bretanha como nos EUA. E vira platina (vende mais de cinco milhões de cópias só nos EUA). Beck quer fazer turnê na Grã-Bretanha o quanto antes, enquanto Russell & Taylor esperam ansiosos pela conquistada turnê nos EUA. Philips & Reeves estão muito calmos e nem um pouco surpresos com o sucesso. A turnê pela Grã-Bretanha será pequena, com doze shows (quatro em Londres). Os ingressos serão vendidos por demanda postal em 16 de junho. A turnê se dará entre os dias 20 e 25. Os ingressos se esgotam em dois dias. A turnê é um sucesso que atrai multidões. Eles virão aos EUA (preparações para a turnê norte-americana).

JULHO — O álbum — que está na primeira posição desde 2 de maio nos EUA e desde 12 de maio na Grã-Bretanha — permanece no topo e já vendeu mais de sete milhões de cópias (na Grã-Bretanha e nos EUA).

PREPARAÇÃO PARA A TURNÊ NORTE-AMERICANA:
- Programa pronto no dia 20.
- Ingressos para os concertos disponíveis no dia 23. Esgotados.
- Um concerto de encerramento no Madison Square Garden, em Nova York, no dia 7 de agosto. Jovens fazem filas de 42 horas para comprar ingressos. Esgotados.

SUCESSO GIGANTESCO. Retorno à Grã-Bretanha no dia 8 (noite). O equipamento volta depois. O grupo agora tem status de superstar.
Descanso até o dia 10.
Compor.
Compor.
Compor.

Seis meses compondo.

SETEMBRO — Gravação (primeira), composição.

OUTUBRO — Gravação final. Prensagem. Impressão.

NOVEMBRO — Distribuição.

THE 42ⁿᴅ ST. BAND: PRIMEIRA FORMAÇÃO

Jeff Beck
Mick Taylor
Allan Reeves
Eric Russell
Jesse Philips

ERIC RUSSELL FALA SOBRE
MORNING BLUES (1976)

Por que a banda decidiu fazer um álbum só de blues depois de *Back to London*, que tinha um som marcado de folk britânico? Basicamente porque a banda estava voltada para o blues. Beck vinha pensando havia muito tempo em formar uma banda e ele queria que fosse algo como os Yardbirds, sabe. Mas mesmo tendo um monte de blues nos nossos álbuns, até em *Back to London*, a gente nunca lançou um álbum só de blues, quer dizer, mesmo no primeiro disco tínhamos esse som de rock em vez de blues. Então a gente decidiu, toda a banda, e não só o Beck, que o terceiro álbum seria definitivamente de blues, algo que nos desse uma marca registrada, sabe.

Mas isso seria bem difícil, já que vocês se estabeleceram como uma banda sem marca registrada, já que exploravam todas as formas de música.
É. No primeiro álbum a gente tinha faixas de blues, sons jamaicanos, baladas de country-folk e western, baladas de rock e tudo o mais. Mesmo em *Back to London*, tínhamos blues, cantigas de ninar, rock pesado, todo aquele folk pastoral britânico, música barroca, além de um monte de sons estranhos, sabe. Acho que foi por isso que a gente queria uma ruptura no que vinha fazendo. Achamos que seria bacana fazer um álbum relaxado, quase um álbum de jam, com muita improvisação. Mas acabou sendo o contrário disso.

O que aconteceu?
Bom, o Taylor e eu compusemos uma música para o álbum *Back to London*, e, enquanto a gente compunha, ele pensou que não seria a música certa para um álbum com clima de folk britânico, já que ela estava mais pra country-folk, um blues acústico, daria pra dizer. Ainda faltava um espaço de sete minutos pra preencher, então a gente parou de trabalhar na música e deixou maturar. Decidimos guardar pro álbum seguinte, ela nem estava pronta, só tinha a letra, a melodia de base no violão e um título: "Morning

Blues". Quando começou o trabalho do terceiro álbum, a gente tocou a música para o resto da banda, eles gostaram e ainda por cima a escolheram para ser o título do álbum. Beck disse que a gente podia trabalhar mais nela, com ele na guitarra; a música era basicamente acústica, então a gente voltou a pensar nela mais uma vez e fizemos algumas modificações para o Beck tocar um solo. A gente ainda estava compondo as faixas do álbum, como a gente sempre faz, quer dizer, na hora de trabalhar um álbum novo, a gente vai pra casa e espera algum tipo de inspiração, depois, quando aparece alguma coisa, a gente prepara e então chama a banda no telefone, sabe, eles vêm pra sua casa, e você toca pra eles o que tiver criado. Tem vezes que eu vou pra casa do Philips, ou o Taylor vai pra do Beck, e eles fazem uma música. Quando não surge nada, a gente se junta. É mais fácil assim, quer dizer, duas ou mais cabeças pensam melhor que uma. A gente fez isso, e em menos de duas semanas já tínhamos quatro faixas: Beck e Taylor fizeram "Backwater Blues", Taylor e eu fizemos "Cocaine" e "Wild Mountain". Além disso, já tínhamos "Morning Blues". Na mesma época, Philips estava tentando me convencer a mostrar para a banda umas músicas minhas, sabe, que fiz no meu tempo livre, ou então quando do nada eu tinha uma grande ideia para uma música, ou quando eu começava uma melodia no violão só por diversão, sabe. Eram quase todas músicas de country-folk, tipo baladas com letras longas e base acústica, ou coisa do gênero.

Por que você estava relutante em mostrar as músicas para a banda?
Porque, como eu já disse, a banda era basicamente de blues, e eu pensava que iríamos numa direção completamente diferente se

minhas canções entrassem num álbum. Olha, eu era muito inseguro, quer dizer, com todos aqueles caras vidrados no blues, por que eu puxaria o grupo para o country-folk? E eu imaginava que eles não iam gostar das músicas, sabe, afinal, era a primeira vez que eu tocava numa banda, e o Beck, ele é uma lenda viva, o Taylor tocou com John Mayall e os Stones; seria um desastre se eu tocasse pra eles as minhas baladas folk e eles não gostassem.

Mas vocês fizeram muitas baladas folk em *Back to London*.
Ah, mas era diferente. Era basicamente um álbum de folk, e além disso eles me pediram algumas baladas folk. Só que em *Morning Blues* seria ridículo escrever música country, porque era pra ser um disco de blues pesado. De qualquer modo, eu toquei "Jesse James" pro Mick Taylor, e ele pirou. Vivia me dizendo que era uma obra-prima e que tinha que fazer parte do álbum. O Philips achava a mesma coisa. O Reeves estava na Suécia naquela época. Phil insistiu para eu tocar a música pro Beck, e eu toquei. Beck concordou com eles e disse que era uma linda balada, mas, como não era um blues, não entraria no álbum. Eu não falei nada; na verdade concordei com o Beck; a gente tinha decidido que o álbum seria de blues, então ponto final. Mas o Taylor começou a discutir com o Beck, dizendo pra ele que seria um erro se a música não entrasse no álbum. Eles tiveram uma longa discussão, uma briga terrível, sabe, eles ficaram sem se ver por duas semanas por causa daquilo. O Taylor estava compondo uma música, "Mary Ann", e, quando ficou pronta, ele tocou uma fita demo pra gente, ele sempre faz assim pra mostrar as músicas, sabe, com dois violões, guitarra, baixo, bateria, percussão e três sintetizadores. Ele estava bem satisfeito, na verdade, todos nós estávamos, já que era mesmo uma linda música. Eu diria que era até melhor que "Jesse

James", e não havia dúvida de que entraria no álbum, já que não era acústica, saca. Mas o Beck disse que não era blues, e por isso não entraria. Foi isso. Dessa vez o Taylor ficou realmente bravo, ficou tipo irritadíssimo com o que o Beck disse. Ficou magoado, entende, um cara investe tanto tempo trabalhando numa música, bicho, pra depois ver que ela não vai entrar no álbum só porque outro cara quer que o álbum seja de blues da pesada? Ele nem tentou falar com o Beck, foi direto pra casa e ficou lá. As coisas não estavam bem, sabe. Foi um período péssimo, pra todos nós, fora o Beck, que estava trabalhando num blues, "All is One". Foi quando recebemos um telegrama dizendo que o Reeves tinha desaparecido enquanto esquiava nas florestas do norte da Suécia. Eu nem conseguia acreditar, tipo, eu tinha o papel na minha frente e ainda não conseguia acreditar. Parecia que estava tudo fora do lugar, parecia uma piada ruim.

ENTENDA A CRISE DA 42ND ST. BAND DEPOIS DE *MORNING BLUES*

Começa amizade c/ Nicholas Beauvy.
Músicas compostas para *Morning Blues*.
Beck recusa músicas sobre drogas.
Reeves tem uma doença séria.**EE
Mais drogas.**EE
"Early Morning in Third Avenue".**EE
(Se Beck não deixar a música de Reeves entrar no álbum, Russell vai sair.)
Compor com Beauvy.***EEE
O golpe.***EEE
Decisão de gravar um álbum.
Convida Beauvy & amigos.
Morning Blues em fase de gravação.
Reeves se restabelece.
Taylor revela o projeto *Southern Star*.
Beck & Taylor compõem para *Southern Star*.
Morning Blues em fase de gravação (problemas com os arranjos).
Álbum pronto (fitas).
(Enquanto são feitos empacotamento, impressão, arte-final, distribuição etc. Russell/Beauvy gravam seu álbum.)***EEE
Álbum lançado.

**EE Episódios Emocionantes

***EEE Episódios Mais Emocionantes Ever

Ânimos se acalmam.
Turnê.
(Num show, a plateia pede que a banda toque "Jesse James" e Beck se recusa a tocar a canção. Russell canta sozinho com um violão, muito nervoso; a plateia faz o coro. Logo Taylor, Reeves & Philips se juntam no palco, a performance é uma improvisação, já que não tinha sido ensaiada. Beck fica no canto, assistindo incomodado. Depois, recusa-se a continuar o show, mas no fim concorda & toca.)***EEE

O incidente foi gravado (estavam gravando fitas para um novo álbum).

Lançado o álbum *Russell/Beauvy* (uma feliz surpresa para todos, incômodo para Beck).

Segundo golpe.***EEE

Beck se recusa a imprimir o álbum ao vivo.***EEE

Sai da banda.***EEE

"Morning Blues" (originalmente feita para *Back to London*) — rearranjada para *M.B.*

Beck & Taylor compõem "Backwater Blues".

Taylor & Russell compõem — "Cocaine", "Wild Mountain".

Taylor quer que "Jesse James" entre; Beck, não.

Taylor compõe "Mary Ann".

Problemas com as músicas de Russell. São todas acústicas.

"Early Morning in Third Avenue".

Philips compõe "Wooden Nickle".

Beck compõe "All is One".

Começa a gravação.

Taylor, Russell e Philips arranjam "Close the Door Lightly (When You Go)", gravada por Bob Dylan, numa maratona de doze horas no estúdio.

Beck não deixa a música entrar. É acústica.
Decisão: tirar "Morning Blues" e deixar o álbum acústico.
Mas, se for o caso, "Cocaine" sai, bem como "Backwater Blues" & "Mary Ann". Taylor não aceita.
Decisão: Tirar "Morning Blues", arranjar outro título e fazer um disco parte blues & parte acústico.
Beck quer que seja mais blues.
Decisão: Tirar MB, bolar outro título e preencher o vazio deixado pela ausência de MB (sete minutos).
Taylor compõe "Seagull" (para preencher o espaço).
Taylor arranja "Wooden Nickle" numa versão blues.
Enquanto tudo isso acontece, Russell compõe c/ Beauvy.
"Country Boys" entra. A versão blues de WN sai.
Beck deixa "Jesse James" entrar.
Fim da gravação.
Decisão: Já que a banda não consegue bolar outro título, fica *Morning Blues*.
Um álbum com mais de quatro sobras (total de 21 minutos gravados) que não contam.

CANÇÕES DE RUSSELL:
"The Card Game" (esboço)[1]
"Wildwood Flower"
"Throw That Minstrel Boy a Coin"
"Hayseed" (esboço)

PROBLEMAS
Morning Blues, alega Beck, deveria ser intitulado *Morning Country-*

---

[1] Quase completo.

-*Folk*, em referência a "Jesse James" de Russell, a "Country Boy" de Russell-Taylor-Reeves, a "Wooden Nickle" de Philips e a "Mary Ann", sua própria composição com Taylor.

Taylor, Reeves & Philips se recusam a tirar suas faixas do álbum. Russel ainda tem outra composição recusada por Beck: "The Card Game".

Taylor compõe duas músicas para substituir "Country Boy" & "Mary Ann": "Seagull" & "Time Won't Wait for Me".

Acordo final: Tirar "The Card Game", deixar "Wooden Nickle", "Mary Ann" (com um toque pesado de blues) & "Jesse James", embora duas outras canções sejam de country-folk: "Let Me Die in Your Footsteps", de Russel, & "Close the Door Lightly When You Go", gravada por Bob Dylan.

Taylor planeja usar suas duas canções num futuro álbum solo. Russell planeja o mesmo para "The Card Game", num álbum com Nick Beauvy.

Todos os integrantes da banda estão bastante incomodados com Beck, que se recusa a permitir que faixas gravadas ao vivo durante a turnê da banda sejam usadas num álbum duplo, alegando que não há faixas suficientes de blues, o que não é exatamente verdade.

Russell trabalha num álbum solo com Beauvy, para o qual foram compostas "Hayseed" & "Country Farmer's Son". Taylor--Russell-Philips & Reeves começam a trabalhar em *Southern Star*, ainda apenas no conceito. Russell sugere usarem as duas faixas ("Hayseed" & "Country Farmer's Son") no álbum, que deve ser duplo. Beauvy preenche o espaço das duas canções com "Ballad in Plain D", de Dylan, & "Blue Eyes", uma canção dele próprio.

Beck compõe três faixas para o álbum *Southern Star* mas sai do grupo & se recusa a deixar que as músicas sejam lançadas no álbum.

Taylor sugere que Beauvy substitua Beck e o grupo assume o country-folk como sua forma musical básica. *Southern Star* acaba sendo um álbum triplo.

É lançado o álbum *Russell/Beauvy*. Logo depois sai *Southern Star*. Na sequência: o álbum de blues *42nd St. Band*, com faixas de country-folk, e o álbum duplo ao vivo *Russell/Beauvy, Unfinished Folk Song*, o álbum duplo de estúdio *Russell/Beauvy*, um álbum da 42nd St. Band com uma faixa de Russell & uma de Beauvy feitas especialmente para o LP, um álbum (talvez duplo) de out-takes (sobras de material), incluindo todas as canções que não foram lançadas comercialmente ou usadas em singles ("Seagull", "Time Won't Wait for Me" e as três canções de Beck de *Southern Star*; Beck permite o lançamento), outro álbum *Eric Russell/Nick Beauvy*, um álbum duplo da 42nd St. Band, álbum *Eric Russell/Nick Beauvy* e o último álbum da 42nd St. Band.

Mick Taylor tenta carreira solo, Philips forma uma banda com Reeves e outros integrantes malucos da antiga Harpers (exceto Dick Yount). Eles lançam um disco, mas Reeves sai em carreira solo. Philips continua com a banda. O álbum duplo ao vivo da 42nd St. Band é lançado (com Beck e faixas mais recentes). Mais tarde, *42nd St. Band's Greatest Hits*, álbum duplo.

ERIC RUSSELL FALA SOBRE O ÁLBUM SOLO
ERIC RUSSELL/NICHOLAS BEAUVY (1977)

Por que você decidiu fazer um álbum solo?
Na verdade, não era bem um álbum solo. Era mais um descanso do que a banda vinha fazendo. Olha só, naquela época eu ficava muito nervoso, tipo, achava que eles não gostariam das minhas

músicas, que elas meio que fugiam do que a banda andava fazendo com todo aquele blues. Eu tinha várias canções na manga, sabe, de estilo country-folk, longas baladas com letras compridas. Nada muito comercial.

Mas o álbum *Russell/Beauvy* foi um grande sucesso não só de crítica, mas também de vendas.
É. Acho que talvez tenha sido a participação do Nick. Ele fez belas canções, mas do tipo que todos gostam. Ele sabe ser comercial sem deixar de ser artístico.

E como andava o relacionamento da banda naquela época?
Acho que o escândalo da 42nd St. Band também ajudou a vender o álbum. Todas essas brigas com o Beck e tal, as drogas também.

O que foi que aconteceu?
Bom, o Beck é muito egoísta, quer dizer, ele era o líder da banda, mais ou menos, então ele realmente pensava que poderia tratar a gente que nem marionete. Mas eu não percebia isso muito bem. Começou no álbum *Morning Blues*. Beck queria porque queria que fosse um álbum dele, sabe, e somos cinco pessoas na banda. Cinco pessoas que trabalham juntas, cara. Eu disse pra ele: "Esse grupo tem que se chamar Jeff Beck e suas marionetes". Foi isso. O Reeves estava doente, coisa séria, como você deve saber, e seria um baque pra ele se o Beck não deixasse a música dele entrar no álbum. É uma obra-prima, você realmente sente a Third Avenue nela. Mas não era um blues, nem na intenção; a música era quase só teclado. Taylor teve de discutir com Beck para que ela entrasse. Graças a Deus o Beck pensou duas vezes. Ele reclamava das músicas que a gente tinha feito pro álbum. Não queria que "Wild

Mountain" entrasse porque era country-folk. Ele quis fazer um novo arranjo de "Cocaine" pra que ela soasse mais blues. Não queria que "Wooden Nickle" entrasse, só a versão blues. Não queria "Mary Ann" & "Country Boy" pelos mesmos motivos. E Jesse James também. Aí eu fiquei bem deprimido e nervoso e entrei nas drogas pesadas. O Reeves estava meio atarantado depois da doença e concordava com tudo que qualquer um dissesse. Taylor disse que iria sair da banda. Phil disse que não se importava, mas se importava sim. Nossos talentos estavam sendo cortados na raiz, cara. Sabe, eu fico pra baixo por uma coisinha de nada, tipo, fico pra baixo só por causa de brigas idiotas. Aí você pode imaginar o que aconteceu.

E Beauvy?
Ah, tinha um tempo já que eu estava fazendo uma jam com ele. A gente fez umas músicas juntos e quando eu realmente fiquei pra baixo, ele me disse pra descansar, então eu pensei em fazer um álbum com ele. Não é bem o que uma pessoa normal chamaria de descanso, quer dizer, eu trabalhava o dia inteiro, cara, no estúdio, de doze a quinze horas. Uma pessoa normal viraria uma pilha de nervos, mas pra mim foi ótimo, sabe, eu me senti maduro e satisfeito, na vida pessoal e profissional. Parei de me importar com a banda, quer dizer, com a banda como um todo, como um nome. Eu queria que o disco saísse imediatamente.

Você pensou em sair da banda?
Sim, claro. Mas o Beck fez isso antes. E a banda seguiu numa direção completamente diferente. O Taylor apareceu com o conceito Southern e ele sabia que seria impossível com o Beck na banda. Se o Beck não saísse, nós quatro sairíamos (risos).

O que foi que aconteceu enquanto era feito o álbum *Morning Blues*?
Eu fiz uma música com o Taylor, chamada "Morning Blues", e ela deveria entrar no álbum *Back to London*, mas o Taylor pensou que não seria a música certa para um álbum com clima britânico, então ela ficou de fora. Nem chegamos a terminar; só tinha letra e linha melódica com violão. A gente só começou a trabalhar nela uns dois meses depois, acho, já que tinha planejado um álbum de blues depois de *London*. A banda gostava da música e decidiu usá-la como o título do disco *Morning Blues*. Devia ser um blues cru e pesado, mas acabou que, como sempre que faço uma canção com o Taylor, ela ficou com um compasso lento, um country blues suave, sabe. Só que o Beck não gostou; disse que ele não teria chance de tocar guitarra nela, já que era acústica, então o Taylor e eu fizemos tudo de novo, mudamos um pouco pro Beck poder fazer um solo.

Por que a música não entrou no álbum?
Ah, ela não foi a única que caiu fora. Foi uma das cinco músicas que o Beck decidiu que não poderiam entrar no disco. Beck começou a reclamar de todas as faixas que a gente trazia; dizia que o disco tinha que ser de blues pesado, mas infelizmente, não sei dizer por quê, a gente só fazia baladas folk, sabe. Foi realmente bem estranho. Philips vinha tentando me convencer a mostrar para a banda as canções que eu fazia, tipo, aquelas baladas folk com letras longas e fundo acústico. Eu sabia que o Beck queria um álbum mais pesado, então eu só dizia: "Vamos deixar pro próximo álbum". Taylor disse que tinha algumas ideias para o próximo álbum e que seria melhor se a gente encaixasse todas as músicas possíveis nele. Então eu toquei "Jesse James"

pra ele. Ele pirou. Adorou a música e disse que tinha que entrar no álbum.

MAIS DUAS PERGUNTAS

Como foi que Russell/Beauvy fizeram seu álbum num período tão curto? (Aflito)
Querido Aflito, oitenta por cento das canções do álbum já estavam prontas, Russel e Beauvy ficaram mais de doze horas por dia, seis dias por semana, gravando no estúdio. O álbum tinha arte-final simples e, como nenhum outro álbum estava sendo produzido pela Sunflower, as coisas puderam ser adiantadas; Russel queria que o disco fosse lançado imediatamente.

Quem canta os backing vocals em "The Card Game" (além de Beauvy/Russell)? É mais de uma pessoa?
Isso será revelado na semana que vem, numa entrevista exclusiva com Eric Russell.

RESUMO DOS ACONTECIMENTOS: OS QUATRO PRIMEIROS ANOS DA 42ND ST. BAND

1974

MARÇO — Jeff Beck faz uma jam com Mick Taylor & decide formar uma banda.

ABRIL — Mick Taylor convida Eric Russell para se juntar a eles. Russell chama Jesse Philips.

MAIO — Jeff Beck chama Allan Reeves, músico de estúdio, para se juntar a eles.

JUNHO — Ensaiam. Primeiro, blues das antigas. Beck & Taylor começam a compor canções novas.

JULHO — Primeira sequência de shows (turnê de uma semana pela Inglaterra).

AGOSTO — Eric Russell contacta Oliver Christiann na Sunflower Records. O material para o primeiro álbum é selecionado.

SETEMBRO — Ensaios no estúdio.

NOVEMBRO — Gravação.

DEZEMBRO — Sequência de shows (turnê de Natal, pela Inglaterra). Discos impressos.

1975

JANEIRO — Capa, fotografia e prensagem.

FEVEREIRO — Pronto para distribuição final. Mick Taylor & Eric Russell propõem um álbum de folk britânico.

29 DE MARÇO — O álbum é lançado nos EUA.

ABRIL — Turnê (sequência de shows — Nova York, São Francisco).

21 DE ABRIL — O álbum é lançado na Grã-Bretanha, junto com um single (também lançado nos EUA).

30 DE ABRIL — Single no top-vinte de rock 'n' roll (EUA).

MAIO — 42nd St. Band começa a trabalhar em novo álbum.

12 DE MAIO — Primeira posição (single) nos EUA. O álbum está entre os mais vendidos (single, quarto lugar na Grã-Bretanha).

29 DE MAIO — Álbum no top-vinte (EUA).

3 DE JUNHO — Álbum na posição mais alta (quarta) (EUA).

JUNHO — Sequência de shows na Grã-Bretanha.

JULHO — O álbum está entre os mais vendidos (Grã-Bretanha). Composição de músicas novas para um álbum duplo.

4 DE AGOSTO — Álbum em primeiro lugar (Grã-Bretanha). EUA: 12º.

SETEMBRO — Ensaio (o álbum sai dos mais vendidos nos EUA).

OUTUBRO — Gravação.

NOVEMBRO — Gravação (o álbum sai dos mais vendidos na Grã--Bretanha).

DEZEMBRO — Breve turnê norte-americana. Capa final e trabalho de impressão.

1976

JANEIRO — O álbum está pronto para ser lançado nos EUA. Primeiro *bootleg* (*42nd St. Band Live in S. Francisco*).

FEVEREIRO — Turnê britânica de promoção do novo álbum (*Back to London*).

MARÇO — Distribuição do álbum final.

4 DE MARÇO — O álbum é lançado na Grã-Bretanha.

30 DE MARÇO — O álbum é lançado nos EUA.

6 DE ABRIL — O álbum está entre os mais vendidos (EUA) (na 19ª posição).

10 DE ABRIL — O álbum está entre os mais vendidos (Grã-Bretanha) (na 23ª posição).
ABRIL — Ideias para *Morning Blues*. Críticos aclamam o álbum com ****
29 DE MAIO — O álbum atinge a mais alta posição nos EUA (sexta).
7 DE JUNHO — O álbum atinge a mais alta posição na Grã-Bretanha (primeira).
JUNHO — Ensaios. Problemas. Jeff Beck quer um álbum de blues.
JULHO — Gravações. Mick Taylor e Eric Russell trabalham na capa.
AGOSTO — "The Card Game" é lançada. Gravações.
SETEMBRO — Arranjos finais e arte-final.
OUTUBRO — Turnê norte-americana de promoção do álbum.
9 DE NOVEMBRO — O álbum é lançado na Grã-Bretanha. É aclamado como obra-prima ****
12 DE NOVEMBRO — O álbum é lançado nos EUA.
14 DE NOVEMBRO — O álbum está entre os mais vendidos (14º na Grã-Bretanha).
18 DE NOVEMBRO — O álbum está entre os mais vendidos (oitavo nos EUA).
6 DE DEZEMBRO — Primeiro lugar nos EUA.
21 DE DEZEMBRO — Primeiro lugar na Grã-Bretanha.

1977
JANEIRO — Turnê norte-americana (triunfante) do dia 4 ao dia 20.
JANEIRO — Turnê britânica, de 23 a 26.
16 DE FEVEREIRO — Jeff Beck anuncia sua saída da banda.
MARÇO — Arte-final e impressão.
MARÇO — Distribuição.
27 DE MARÇO — Lançamento (em tempo recorde) na Grã-Bretanha.

MARÇO — Críticos surpresos. Uma completa obra-prima ****
ABRIL — O álbum sobe lentamente entre os mais vendidos. Entra na 53ª posição.
22 DE ABRIL — Lançamento nos EUA.
30 DE ABRIL — Está entre os mais vendidos, na 42ª posição (EUA).
MAIO — É revelado que Bob Dylan, Roger McGuinn e D. Hall fazem participação especial como vocalistas convidados em "The Card Game". É planejada uma turnê pelos EUA.
26 DE MAIO — O álbum alcança o primeiro lugar na Grã-Bretanha.
29 DE MAIO — O álbum alcança o primeiro lugar nos EUA.

SEGUNDA FORMAÇÃO DA 42ND ST. BAND

Nicholas Beauvy
Mick Taylor
Allan Reeves
Eric Russell
Jesse Philips

NA CALIFÓRNIA

Por que vocês planejaram esta turnê?
Eric Russell: Bom, porque tinha muita sobra de álbuns e as músicas nunca seriam lançadas, ou só num futuro distante. A gente sempre quis fazer uma turnê só na Califórnia, então a gente fez esta turnê — sessenta por cento das músicas que a gente tocou nos shows eram material inédito. Mas o público não reage bem a um repertório que ele ainda não conhece.

Mas como vocês resolveram isso?
Eric: A gente entregou algumas das canções numa gravação para as rádios de toda a Califórnia, entendeu? Hmmm, umas cinco semanas antes do show, então as pessoas podiam ouvir as faixas…

E o álbum ao vivo?
Nicholas Beauvy: O álbum ao vivo apareceu não por causa dos shows, mas porque a gente queria que essas faixas fossem lançadas. Muitas delas eram bem pesadas, então a gente decidiu lançar ao vivo, saca, uma coisa de energia.

Por que vocês acham que o álbum fez tanto sucesso?
Eric: Hmm… eu não sei, acho que é porque foi um álbum planejado, sabe? A gente fez especialmente para o lançamento. Quero dizer que não foi um show gravado, tipo quando uns caras aparecem ali com gravadores, equipamentos e falam: "A gente vai gravar esse show".

Nick: É, além disso, a gente ensaiou bastante.

Eric: Tudo foi planejado, mas acabou sendo uma coisa realmente livre e espontânea.

Vocês planejam levar a turnê para outros lugares?

Eric: Ah, claro que sim.

Nick: A turnê vai para os EUA, Grã-Bretanha, Europa e Canadá.

Eric: A gente estava tentando a América do Sul, mas daí a turnê ficaria enorme.

1870, UM ÁLBUM CANCELADO (1979)

Depois de *Strawberry Wine*, a banda planejava retornar ao esquema conceitual e talvez fazer um álbum que fosse a sequência de *Southern Star*. Apesar de mais parecido com *Morning Blues*, ele teria muitos épicos (como a banda chamava suas baladas de mais de sete minutos). Partindo de uma ideia de Eric Russell e Jesse Philips ("Um dia a gente estava folheando esses livros da Time-Life sobre décadas passadas e pensamos que seria uma boa ideia transformar as imagens em música. A gente já tinha feito isso com 'Hard Times'", explicaria Russell mais tarde), a banda logo juntou material para um álbum duplo (com contribuições principalmente de Russell e Beauvy, que escreveram a toque de caixa, coisa de quatro canções por semana, *sic*). Allan Reeves escreveu mais de uma dúzia de músicas de dois minutos, cada uma baseada num personagem específico do período. Ele imaginou *1870* como um álbum de fotos e as faixas foram compostas enquanto ele estudava fotos de vaqueiros, mineiros, carroceiros, marinheiros etc. Mas a banda logo ficou entediada com o projeto, e quando, logo antes do trabalho de estúdio, Russell viajou para o Marrocos e convidou os outros para irem junto numa busca por outras expressões musicais, o projeto foi cancelado. ("Aquela coisa de country-folk", explica Taylor, "estava ficando meio repetitiva, e, mesmo sabendo que o disco venderia bem, a gente precisava de outros modos de se expressar, sabe? Os banjos e dobros já eram, a gente partiu para as cítaras.") Muitas das canções seriam lançadas em seguida em lados B de singles, nos álbuns *Gold & Silver* e *Country Jam*, mas só na época de *Surfer* é que o álbum foi compilado e as gravações finais foram lançadas. O lançamento do álbum, no fim de 198_, causou imensa controvérsia na imprensa especializada (i.e. se a banda era melhor em country-folk ou em *summer rock*).

ERIC RUSSEL FALA SOBRE O ÁLBUM
COUNTRY JAM (1979)

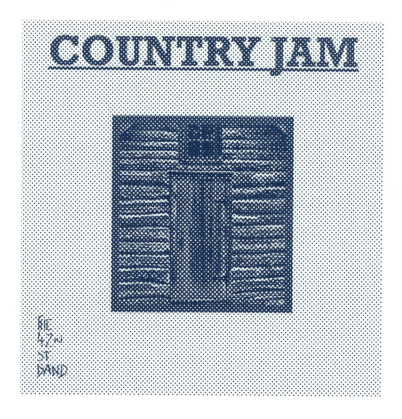

"Já tínhamos as faixas de um álbum em andamento, *1870*. Mas a gente se cansou dele e juntou as canções em *Country Jam*. *1870* deveria ser um álbum duplo, meio conceitual, sabe. Seria um álbum temático, com músicas sobre aquele período, sobre pessoas, acontecimentos, tradições, hábitos, com uma música sobre a casa vitoriana, uma sobre os índios, outras sobre a fronteira, a febre do ouro, vaudeville, trabalhadores, cinema, barcos a vapor, escola naquela época e coisas do tipo. A maioria delas nunca foi escrita; boa parte das músicas que ficaram prontas está em *Country Jam*. A gente só deixou de fora uma ou duas faixas. Mas o álbum não é de sobras de estúdio. Tem músicas bem legais, mas a gente perdeu o pique de mexer com aquelas velharias épicas. Agora estamos curtindo música oriental/eletrônica. Soa estranho, né? Espere até ouvir o próximo álbum."

"Eu me pergunto por que a imprensa insiste em chamar nossos álbuns de 'obras-primas'."
Nicholas Beauvy, depois de ler as resenhas de *Country Jam*.

PAPO DE PALCO

(aplausos)

Nicholas Beauvy: Obrigado.

(escalas de teclado, toque e som de bateria)

Eric Russell: Uau. Nossa. O lugar está lotado. É bom demais estar aqui, sério. Vai ser uma grande noite.

(aplausos)

Eric: É a primeira vez que a gente está aqui, na verdade; a gente devia ter vindo há muito tempo, mas, ahn (risos), não dava pra saber que a gente era tão famoso por aqui.

(assobios, aplausos)

Eric: É isso aí. Agora, agora a gente vai tocar, hmmm, uma música...

(um grito)

Eric: Esta música é pra você, meu amor.

(toque de címbalos) (gritos)

Eric: É do álbum *Folk* e originalmente era pra ser algo como "Honky Tonk Women", dos Stones. Estão vendo, a gente não é tão original assim, sabe, é, o Mick chegou com a melodia inicial e Nick, Mick 'n' Nick, bela dupla...

(gritos, aplausos)

Mick Taylor: E a gente tem que aguentar essas piadinhas cretinas.

(riso de deleite)

Nick: O tempo todo, cara, o tempo todo. E a fumaça do haxixe... Opa! Falei coisa errada (com sotaque texano).

(histeria) (gritos de "Mandou bem, Eric!")

Eric: Então (risos), ahn, onde é que eu estava, ah, sim, e Beau fez a base, e no começo era igualzinho àquela música que eu falei, aí a gente pensou, temos que fazer alguma coisa —

Nick: Deixar a cena musical, talvez?

(risos)

Mick: Vai em frente, Eric, quero tocar (gritos).

Eric: (rapidamente) Então a gente virou o diabo da música de cabeça pra baixo e colocou um riff pesado de teclado, e essa é a nossa versão de "Honky Tonk Women". "Bar Room Blues", é — umdoistrêsquatro —

(toque de bateria)

"A imprensa adora nosso trabalho de estúdio, sabe? Adora descobrir quantos violões usamos aqui, quantos overdubs vocais fizemos ali. Acho que é por causa da explosão punk-rock de dois anos atrás. Aquele som era realmente terrível, quer dizer, realmente um rock-retrocesso, sabe, retrocesso aos anos 1950. Mesmo que tenham saudado como algo novo, incrível, algo diferente e instigante, eles na verdade odiaram aquilo. Seja como for, naquela época, o rock, a cena do rock estava tão estagnada que qualquer coisa nova seria instigante para eles. E agora é tipo 'Respeitável público, os magos do estúdio chegaram para nos salvar desses punks'. É mesmo estranho eles não perceberem que no palco a gente faz o mesmo som que no estúdio."
Eric Russell

"Um dia a imprensa vai se cansar da gente. Quer dizer, se partirmos pra algo novo, completamente diferente do que estamos fazendo agora (e acho que vamos fazer isso mesmo), eles vão nos apunhalar pelas costas. 'Ei, malucos da 42nd St., voltem pro som original.' Não que a gente se importe, que fique claro."
Nicholas Beauvy

UM DIÁLOGO — JESSE PHILIPS ENCONTRA JEFF PRATT NA CALIFÓRNIA

JEFF PRATT: (surpreso) Ora, ora, ora, mas que graça! O que você está fazendo aqui, seu patife?

JESSE PHILIPS: (envergonhado) Dando umas voltinhas, dando umas voltinhas.

JEFF: (entusiasmado, apresenta o amigo a Marianne, sua noiva) Marianne, quero te apresentar Jesse Philips, um amigo das antigas. A gente era da mesma escola.

MARIANNE: olha Jesse de cima a baixo, principalmente o meio.

PHIL: (mais envergonhado) Ahn… A gente já se conhece. Hm, olá, Marianne.

MARIANNE: (ronrona suavemente) Como vai, Phil, querido?

JEFF: (desconfiado) Tem alguma coisa que eu devia saber sobre vocês?

MARIANNE: (com cuidado, mas alto o suficiente para que Phil consiga ouvir o que ela diz) Ele é o grande vinte e cinco centímetros que eu te falei…

JEFF: (pesado sotaque britânico, revoltado) Oh, meu Deus!

PHIL: (mais envergonhado do que nunca) Eu não queria…

MARIANNE: (sedutora) Você não precisa ser tããããooo tímido, Philip, meu caro. Afinal, não é qualquer homem que recebe esse dote fabuloso da natureza —

JEFF: (interrompendo) Marianne, quero que você saiba que está tudo acabado entre nós.

PHIL: (não sabendo como esconder o rubor) Desculpe. Escutem aqui —

JEFF: Cala a boca, seu... seu... seu...

MARIANNE: (sugerindo) Não consegue achar a palavra certa, meu bem?

JEFF: (desamparado) Ahhhhhhh...

PHIL: (em tom de consolo) Tudo bem, meu chapa. A gente vai achar uma solução.

MARIANNE: (alegremente) Alguém topa um ménage?

JEFF & PHIL: (chocados) Marianne, como assim?

MARIANNE: (explica) A gente precisa aproveitar o que há de melhor. Eu amo vocês. Por que a gente não vai em frente a três?

JEFF & PHIL: (juntos) E por que a gente toparia?

MARIANNE: (súbita explosão musical) É perfeito! Com seu dinheiro (aponta para Jeff), o meu corpo e o seu (risos) (aponta para Phil), seria o ménage à trois mais incrível que o mundo *jamais* viu!

JEFF & PHIL: (empolgados) SÓ SE FOR AGORA!

"ESTOU DE SACO CHEIO DE FAZER OVERDUBS."

Eric Russell
12 de janeiro de 1982 (uma data histórica)

AS GRANDES MUDANÇAS NA 42ND ST. BAND
2 de novembro de 1982

Por que Mick Taylor saiu da banda?
Eric Russell: Na verdade ainda não sei o motivo real. Acho que ele ficou cansado do que a banda andava fazendo.
 Nicholas Beauvy: É. Ele me disse que queria sair em carreira solo e descansar. Ser integrante da banda era realmente um esforço pra ele, que não gostava de fazer turnê e vivia dizendo que estava velho demais pra tocar rock numa banda, sabe. Dizia que queria descansar.
 Jesse Philips: Bom, todos nós precisamos descansar. Porque a gente trabalha o tempo todo, cara.

Por que Allan Reeves saiu da banda?
Eric: Ele queria construir a carreira dele. Sentia que o tipo de som que ele estava a fim de fazer não se encaixaria no nosso padrão musical e que ele ficaria mais livre pra criar, tipo, trabalhar sozinho, sem restrições.

O que vocês acham das reações da imprensa ao novo som de vocês?
Jon Buck: Eles estão chamando de retro-rock.
 Nick: É. Isso é bobo. Não consigo entender. Eles costumavam glorificar a gente, sabe, viviam nos chamando de "a maior banda rock de todos os tempos".

Jesse: Pra eles, todos os nossos discos eram "obras-primas".

Eric: Bom, acho que a imprensa é babaca. Eu realmente não me importo com o que pensam da gente, desde que a rapaziada de lá goste.

Por que vocês acham que eles tiveram essa reação?

Eric: Talvez porque acharam que era um sacrilégio Taylor & Reeves saírem da banda.

Nick: Ficaram horrorizados.

Jesse: Isso mesmo. McCartney & Harrison saíram dos Beatles em 1967, no auge da fama.

Eric: E eles meio que queriam controlar a gente, saca. Queriam que a gente fizesse outro *Unfinished Folk Song*, outro *Sea & Land*.

Nick: Um resenhista teve a pachorra de começar a resenha sobre *Back to L.A.* escrevendo: "Não, não é outro *Sea & Land*, infelizmente...".

Jesse: Mas creio que foi a mudança no nosso som. Agora estamos mais simples, mais diretos.

Nick: Mais pesados.

Mesmo que a imprensa seja contra, sabe, vocês estão passando por um período comercial de muito sucesso.[1] **O álbum da banda ficou cinco meses no top-dez e vocês ganharam quase todos os votos dos leitores.**

Eric: É. Acho que é porque agora a gente tem cara nova. Quer dizer, a rapaziada que tinha sete anos quando a gente começou agora tem quinze. Eles gostam da gente. E o pessoal que estava com a gente em 1975 ainda escuta nosso som. A gente tem um público que vai de doze a trinta anos, sacou. É estranho.

Jesse: Eu fiquei bem satisfeito quando fui eleito o melhor baterista este ano. Bem surpreso. Sempre fiquei em sétimo, décimo... Acho que foi a turnê.

John Robbins: Cara, se você ficou surpreso, eu fiquei chocado! Me escolheram como o melhor vocal, e não faz nem um ano que eu canto profissionalmente!

Jeff Pratt: Todo mundo ficou surpreso.

---

1 *Back to L.A.* vendeu 23 milhões de cópias em seis meses.

Qual foi o motivo de mudarem a formação da banda?
Eric: A gente estava de saco cheio de fazer overdub. Agora a gente toca pra valer.
    Nick: Com um vocalista na frente, a gente pode tocar melhor. Eu nunca gostei de cantar e tocar solo ao mesmo tempo.

A *Rolling Stone*[2] disse que essa nova formação deu sangue novo, vida nova pra banda. Vocês concordam com isso?
Eric: Sim. A gente está menos tenso agora. As jams são menos técnicas. Estamos mais livres. E é bom tocar com caras novas por perto.[3]

Qual foi a reação dos novos integrantes a essa súbita popularidade?
Jeff: Eu sabia que ia acontecer. Eu mesmo já era fã da 42nd St. Band.
    Jon: Eu fiquei um pouco surpreso. Estava muito nervoso por estar substituindo o Reeves. Ainda mais nos primeiros shows. Eu tinha que subir no palco chapado.
    John: Eu virei outra pessoa. Principalmente no palco. Faço coisas que nem sonharia em fazer na frente de tanta gente. Acho que é por isso que as pessoas ficam me chamando de "novo Jagger".
    Jeff: Mas eu adoro fazer turnê, de verdade. Você tem mais contato com a plateia.
    Jon: A gente não marca pra valer os shows, sabe. É mais uma jam entre amigos, é incrível.
    John: É. Saiu uma coisa realmente espontânea.

E a opinião da banda sobre os novos integrantes?
Eric: São fantásticos como músicos e pessoas.
    Nick: Jeff toca violão quase tão bem quanto eu (risos).
    Jesse: Robbins é um grande percussionista. Ele devia tentar a bateria uma hora dessas. E também tem uma bela voz.
    Nick: Não só a voz. Sua presença de palco é impressionante, principalmente quando

---

2 A única grande revista de rock a favor da banda.
3 Com certeza, caras novas! Os novos integrantes são (1982): Jon Buck – 22; John Robbins – 19; Jeff Pratt – 19.

ele e o Jon [Buck] tocam metais, sabe, como num dueto de trompete? É incrível. O Jon também é um tecladista genial. E mais, todos os três cantam, então a gente tem muito tempo pra se concentrar nos instrumentos.

Eric: Principalmente no baixo. Eu posso improvisar com mais liberdade, porque não preciso mais cantar a primeira voz o tempo todo, então meio que posso conversar com o Phil usando o baixo. Ele faz ritmos maravilhosos na bateria. Eu só toco junto.

Nick: Olha só, se eles não estivessem à altura das nossas expectativas, a gente nunca teria deixado eles entrarem, né não?

Eric: É. Embora tenha sido difícil encontrar um guitarrista tão bom quanto o Taylor (o Jeff é até melhor, acho).

Jeff: Ah, eu sou melhor que o Mick Taylor? Que o grande Mick Taylor?

Jesse: Ele está falando sério. O Mick Taylor é o ídolo número um dele.

Jeff: O Beauvy é meu número dois, então (muitas risadas).

Eric: O Jon [Buck] é excelente. Toca tão bem quanto o Reeves e ainda tem mais, ele teve uma formação musical mais ampla, enquanto o Reeves era mais clássico. Ele sabe onde o som se encaixa melhor. Sabe exatamente onde colocar cordas, sintetizadores, sabe. É a banda de um homem só.

E o Robbins?
Eric: Ele é de outro mundo. No nosso terceiro show, que foi quando ele se soltou de verdade no palco, saca, eu fiquei hipnotizado. Ele é uma coisa de louco quando sobe no palco. Começou a gritar no vocal, nossa, dava pra sentir que vinha lá de dentro.

Jesse: Ele é melhor do que Plant, Joplin, Daltrey & Rod Stewart juntos.

Nick: Eu diria que é até melhor que Mick Jagger.

John: Obrigado, caras. Estou profundamente emocionado (risos, risos, risos, risos).

Os fãs mais antigos ficarão chocados quando lerem esta entrevista.
Nick: Por quê?

Porque não parece em nada com as outras entrevistas. Vocês (a banda) pareciam tão sérios antes.
Eric: Eu disse que a gente está menos tenso.

Vocês já têm planos para o próximo álbum?
Nick: Temos sim. Na verdade, está quase pronto. Mas a gente não vai revelar nada.
Jon: Provavelmente a imprensa vai odiar.
Eric: Com certeza. Mas a rapaziada vai adorar.

Vocês acham que vai vender tanto quanto *Back to L.A.*?
Jeff: Espero que sim.
John: É bem provável. A gente andou pensando em lançar na próxima turnê.
Nick: É. Discos lançados com turnê vendem muito.

Isso é eufemismo. Vinte e três milhões de cópias não é muito. É uma nação inteira!
Jon: Espera até a gente lançar um álbum ao vivo.

Por que aconteceu uma mudança tão drástica no som da banda?
Eric: *Sea & Land* devia ser o nosso último álbum. Mick & Allan não eram os únicos que pensavam em sair da banda. Depois que eles pularam fora, a gente quase acabou com tudo. Mas aí a gente pensou: ainda vamos tocar juntos. Ainda queremos tocar, sabe, Nick, Jesse & eu. Então a gente percebeu que, por sermos famosos e sermos respeitados e termos muitas "obras-primas" (como dizem os críticos) nas costas, a gente poderia tocar só por diversão. E é isso que a gente tem feito agora. Tocamos juntos por diversão, simples assim. Mas como somos celebridades, a gente divide esse momento bacana com a nossa plateia, com o nosso público. A gente não tinha como fazer de outro jeito. As nossas vidas seriam um inferno se a gente ainda tocasse junto, mas não lançasse discos nem fizesse mais turnês. E a gente estava cansado de tocar música séria, então agora

95

a gente está fazendo o que sempre quis fazer.

Nick: É. Como quando a gente tocava na garagem do Tio Carl no Havaí, onze anos atrás. Só de curtição. É ótimo. De verdade.

Jesse: Agora a gente está junto como sempre quis estar depois do sucesso. Juntos de verdade. Voltamos a ter dezesseis anos.

Eric: Sei lá. Tipo, agora a gente voltou pra base do rock. Talvez seja só uma fase pela qual estamos passando. Mas mesmo assim, ainda temos energia para fazer rock por mais uns dez anos. Eu ainda tenho vinte e sete. Jesse & Nick também. Rob está com dezenove, Jeff tem vinte e Jon tem vinte e um. A gente ainda tem uma longa estrada pela frente.

Uma mensagem final.
Jesse: Não pensei em nada.

Jeff: Nem eu. Hmm. Desculpe, não consigo pensar em nada que valha a pena.

Eric: Hmmm. De onde você tirou essa ideia? Nunca vi nada parecido com isso numa entrevista. O Jon vai falar alguma coisa.

Jon: Sigam em frente, pessoal, sem dar bola pro que a imprensa diz. Estamos com vocês (aplausos).

Nick: Ah, vai, vocês não esperam mesmo que eu deixe uma mensagem final, né? Estamos só começando. Diga algo aí, Rob.

John: Sigam no rock, amantes da música de qualquer parte. Porque é meio que só isso (risos, piadas, aplauso).

No prelo.
Na íntegra na Rolling Stone
2 de dezembro de 1982

RETROSPECTIVA: OS ÁLBUNS, OS SINGLES E AS REVIRAVOLTAS DA 42ND ST. BAND DE 1974 A 1982

1974
2 DE DEZEMBRO — Single: "Sunflower".

1975
JANEIRO — Previsão de lançamento do primeiro álbum: *The 42nd St. Band*.
MARÇO A SETEMBRO — Trabalham em *Back to London*.
1º DE MARÇO — *The 42nd St. Band*.
27 DE MARÇO — Single: "San Francisco".
6 DE AGOSTO — Single: "Celebrity".
2 DE DEZEMBRO — Single: "Chelsea Road" — *Back to London*

1976
JANEIRO — Russell & Taylor presos por porte de haxixe. Ambos são soltos, mas a turnê britânica é adiada.
MARÇO — Turnê (Inglaterra).
29 DE MARÇO — Single: "Lipstick".
JUNHO — Allan Reeves desaparece enquanto esquia na Suécia. É encontrado uma semana depois.
JUNHO A JULHO — A banda deixa de lado *1870*, embora as principais faixas tenham sido compostas. Começam a trabalhar em *Morning Blues*.
1º DE AGOSTO — Single: "Winter Song".
SETEMBRO — Brigas entre Jeff Beck e os outros integrantes da banda.

NOVEMBRO — Mick Taylor começa a pensar em *Southern Star*.
26 DE NOVEMBRO — *Morning Blues*.
30 DE NOVEMBRO — Single: "Country Boy".
DEZEMBRO — Turnê norte-americana. Russell se junta a Nicholas Beauvy e trabalha num álbum solo. Performances são gravadas para um álbum ao vivo.

1977

JANEIRO — Jeff Beck sai da banda. O álbum ao vivo não será lançado.
FEVEREIRO — Mick Taylor planeja *Southern Star* (sete canções já compostas) com Russell & Philips.
27 DE MARÇO — *Eric Russell/Nicholas Beauvy*.
MARÇO A MAIO — Trabalho em *Southern Star*.
14 DE ABRIL — Single: "Wild Peaches".
JUNHO — Planejamento e ensaio para show com amigos.
JULHO — Últimos ensaios. Shows em Nova York.
AGOSTO — Trabalho em *Southern Star*.
SETEMBRO — Shows em Londres e concerto ao ar livre em Boulogne-sur-Mer.
9 DE SETEMBRO — Single: "Country Blues".
19 DE SETEMBRO — *The 42nd St. Band Live with Friends*.
30 DE DEZEMBRO — Single: "Texas Hustler".

1978

JANEIRO A MARÇO — Trabalho final em *Southern Star*.
2 DE ABRIL — *Southern Star*.
ABRIL — Single: "Far Away". "The Bird Song" e "Love Song 1" têm seu lançamento marcado para abril.
MAIO — A banda se muda para os EUA.
12 DE MAIO — Single: "The Bird Song".

AGOSTO A SETEMBRO — Trabalho no próximo álbum.
4 DE SETEMBRO — Single: "Love Song 1".
OUTUBRO A NOVEMBRO — Turnê nos EUA.
NOVEMBRO — Previsão de lançamento do álbum *Strawberry Wine*.
DEZEMBRO — Mais shows marcados (inclusive no Canadá).

1979

2 DE JANEIRO — Single: algo como "Maybe I'm Amazed" — *Strawberry Wine*.
MARÇO — Cronograma de lançamento de *Country Jam*. Possível lançamento de "(I'll Follow That) Southern Star" como single, mas a banda decide deixar de lado, já que ofuscaria o single "Maybe I'm Amazed", que tem um desempenho excepcional entre os mais vendidos. O problema da banda é que eles já têm um excesso de material novo para lançar. O lançamento do single "Blue Eyes" é cancelado. A banda quer lançar um álbum com faixas gravadas durante os ensaios para o show *Friends*. Russell/Beauvy planejam *1870*.
29 DE ABRIL — Single: "(I'll Follow That) Southern Star".
ABRIL A MAIO — Trabalho em *1870*.
JUNHO A JULHO — Começam *Eastern Winds* e se mudam para Swansea.
AGOSTO A DEZEMBRO — Trabalho em *Eastern Winds*.
24 DE SETEMBRO — *Country Jam*. Marcado o lançamento de *Eastern Winds*.
1º DE OUTUBRO — Single: "Far Away".

1980

27 DE MARÇO — *Eastern Winds* — single: "Can You Hear the Music".
MARÇO A JULHO — Pausa e composições eventuais.
29 DE JULHO — Single: "It's All Over Now".

AGOSTO — *Unfinished Folk Song* é montado.
21 DE NOVEMBRO — *Unfinished Folk Song.*

1981
JANEIRO — Cancelado o lançamento do single "It's Only Rock 'n' Roll".
16 DE FEVEREIRO — Single: "Back to Life" / lado B: "It's Only Rock 'n' Roll".
FEVEREIRO A ABRIL — Turnê nos EUA.
MAIO — Allan Reeves planeja um álbum-mar. A banda o transforma em *Sea & Land* e começa a trabalhar nele.
JUNHO — Cancelado o lançamento do single "Peppermint Sandy". Lançado como lado B do single: "Twist & Shout" no dia 19.
JUNHO A JULHO — Turnê britânica e europeia.
AGOSTO — Mais shows europeus são marcados.
29 DE OUTUBRO — Single: "Don't Leave Me Now".
27 DE NOVEMBRO — *Sea & Land.*

1982
15 DE JANEIRO — Single: "Yesterday's Games".
JANEIRO — Um álbum de sobras é planejado.
ABRIL — Mick Taylor e Allan Reeves saem da banda.
MAIO — Russell, Beauvy & Philips se mudam para a Califórnia. Planejam formar um trio, mas como isso envolve muito trabalho de estúdio eles decidem acabar de vez com a 42nd St. Band. Logo encontram Jeff Pratt, John Robbins e Jon Buck e decidem formar uma nova 42nd St. Band.
20 DE JUNHO — *Back to L.A.*

1982 — RETROSPECTIVA DE UM ANO HISTÓRICO

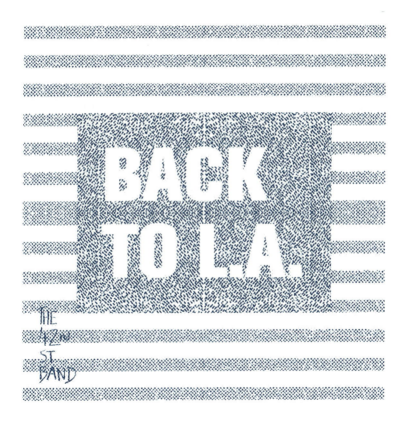

1º DE JANEIRO — Mick Taylor sai oficialmente da 42nd St. Band.
2 A 7 DE FEVEREIRO — Allan Reeves grava sua última aparição num álbum da 42nd St. Band, *Back to L.A.* A canção é "Wind on the Shoreline", composição própria. Ele decidiu sair da banda e

seguir carreira solo. A banda ainda trabalha no álbum (Eric Russell, Nicholas Beauvy & Jesse Philips).

2 DE MARÇO — Entram na banda Jeff Pratt (guitarra, vocais), Jon Buck (teclado, vocais) e John Robbins (guitarra, percussão, teclado, vocais).

MARÇO A MAIO — A banda trabalha em *Back to L.A.*

14 DE ABRIL — Allan Reeves sai oficialmente da banda.

28 DE JUNHO — Somente com o lançamento de *Back to L.A.* os novos integrantes da banda são revelados ao público e à imprensa roqueira.

MARÇO A AGOSTO — Allan Reeves trabalha em álbum solo.

28 DE SETEMBRO — Allan Reeves morre num acidente de avião.

SETEMBRO — O álbum sem título de Allan Reeves tem lançamento marcado.

TERCEIRA FORMAÇÃO DA 42ND ST. BAND

NICHOLAS BEAUVY: guitarras de base e solo, violão, gaita, baixo, vocais, percussão, pedal steel
JON BUCK: teclado, vocais, violão e guitarra de base, percussão
JESSE PHILIPS: bateria, percussão, vocais, bandolim, banjo, violino folk, violão
JEFF PRATT: violão, guitarra de base e solo, vocal, percussão
JOHN ROBBINS: vocais, percussão, guitarra e violão eventualmente, teclado
ERIC RUSSELL: baixo, vocais, violões acústicos

A MORTE DE ALLAN

O que aconteceu?
Eric Russell: No meio de um show em Londres, a gente recebeu a notícia de que o Allan tinha morrido. Eu fiquei em choque, completamente atônito, nem conseguia me mexer, sabe. Você tinha que ver a cara do Jesse, ele ficou branco, parecia chapado... Eu sabia que não poderia tocar e senti que os outros integrantes da banda estavam como eu. A notícia veio logo depois do fim da primeira parte do show. A gente tinha que voltar e pedir desculpas de algum modo, saca. Voltamos para o palco quinze minutos depois, e o Jon Buck deu para a plateia a notícia de que o Allan tinha morrido. Teve um ruído alto de sussurros, depois a rapaziada ficou calada, completamente calada. Eu sabia que a gente não podia simplesmente sair do palco, então peguei meu violão espanhol e comecei a improvisar, sabe, a música "Friends", que estaria na segunda parte do show, e não sei como isso aconteceu. Eu tinha acabado de fumar haxixe, mas comecei a tocar "Wind on the Shoreline", toquei a linha melódica duas vezes, bem devagar.

Bem doído...
Eric: É, aí comecei a cantar. Foi tudo tão bizarro e estranho. Depois o Nick entrou com a guitarra e se juntou fazendo a harmonia. Foi muito emocionante, sabe. O Jesse começou a improvisar a melodia no bandolim e o Jon fez o baixo no Moog. O Robbins pegou

outro teclado e o Pratt entrou no violão de base. Eu comecei a tocar a base, depois o Jesse entrou na bateria. É impressionante como o Witham conseguiu se virar nessa jam maluca [Allan Witham é um dos engenheiros de som da banda].

Nick Beauvy: Todo mundo ficou parado lá, como se estivessem hipnotizados ou coisa parecida. O Reeves com certeza tinha um séquito. Depois eles começaram a se sentar para ouvir a canção. A gente tocou quase no escuro, com um feixe de luz no sintetizador que estava no fundo do palco. Tinha toda uma atmosfera naquela noite, quer dizer, a gente estava junto, eu nunca me senti tão próximo de uma plateia como naquela noite. E eu ainda tento entender como foi que a gente conseguiu tocar a música sem cometer um erro bobo qualquer. A gente improvisou de verdade, sabe. Tocou de cabeça, e olha que a gente não tinha tocado essa música em nenhuma turnê, a gente nem mesmo ensaiou, tipo, só tocou na última vez que tocou, quer dizer, quando gravamos para o disco.

Eric: Quando a gente terminou, ainda estava aquele silêncio. Então o pessoal aplaudiu por mais de três minutos.

Por que a turnê foi cancelada?
Eric: A gente teria que cancelar os últimos shows em Londres, de qualquer forma. A gente não poderia tocar, e, se fizesse isso, todo o esquema da turnê iria por água abaixo, então a gente preferiu cancelar tudo.

Vocês planejam outros shows para repor os que foram cancelados?
Nick: Sim, logo que o novo álbum for lançado.

Como você explica a reação da imprensa britânica ao álbum?
Eric: É estúpida... (em outra versão desta entrevista)

A canção "The Fool" é sobre Allan Reeves?
Eric: Não, não é sobre ele, mas a gente estava pensando nele quando ela foi composta.

É verdade que vocês nunca mais vão fazer turnê na Grã-Bretanha?
Eric: Eu garanto que não vou. Não me importa o que as pessoas vão dizer; a rapaziada foi muito bacana lá, mas a imprensa realmente pisou na bola. Não porque as resenhas foram ruins, mas porque o álbum não é ruim. É muito bom, e como você vai me explicar o fato de que ele recebe boas resenhas em todo lugar, menos na Grã-Bretanha? Não faz sentido, é como se a imprensa nos culpasse pela morte do Allan.

SOBRE ALLAN REEVES — *FRIENDS FOREVER*, DE ERIC RUSSELL

Depois que o Reeves morreu (na verdade, seu corpo nunca foi encontrado, ele desapareceu), começaram a surgir rumores de que ele ainda estaria vivo, em algum lugar. Na música "12:30 Young Girls are Coming to the Cannyon Revisited" ele canta "Vou estar de volta em vinte meses". E também havia o fato de que novos álbuns do Reeves saíam regularmente, a cada seis meses ou algo assim. Ele nunca tinha escrito letras, mas quando o fez, elas eram tão obscuras e ambíguas que ninguém entendia o que queriam dizer. Todo mundo esperava que ele voltasse em vinte meses, mas isso não aconteceu. Um ano e meio depois ele foi encontrado na Groenlândia, numa aldeia completamente isolada do mundo. (Como ele foi parar lá, ninguém sabe.) Parece que uma das turbinas do avião estava com defeito, causando a explosão da aeronave. Reeves era um excêntrico e sempre viajava com um paraquedas; então, quando o avião começou a cair, ele abriu a porta e saltou. O avião estava a uma altitude de 63 mil pés e Reeves perdeu a consciência por causa do ar rarefeito. Ele deve ter sido arrastado pelo vento até a costa da Groenlândia. Foi encontrado inconsciente por aldeões, que o levaram até a aldeia e ajudaram a curá-lo. Mas ele não conseguia se lembrar de quem era, nem de nada. Ainda tinha interesse em música, no entanto, e aprendeu a tocar um tipo estranho de flauta tocada pelos esquimós. Reeves foi para Godthâb e lá o reconheceram (alguém o reconheceu, enfim). Foi levado de volta para a Grã-Bretanha e em seguida transferido para os Estados Unidos, onde depois de quatro meses de recuperação, com assistência médica completa, resgatou a consciência e voltou para casa. Durante um tempo ele esteve estranho, com um comportamento esquizofrênico, mas ficou novinho em folha e recomeçou a trabalhar. Escreveu uma música chamada "Villagers" em homenagem às pessoas que o salvaram, que por sua vez se tornaram heróis nacionais no coração de muitos roqueiros. Mas ele voltou a ser o velho Allan Reeves maluco de antes.

Ele queria fazer um álbum que fosse uma antologia de rock, como uma espécie de farsa. Ele teria todas as grandes músicas, tipo "California Dreamin'", "Light My Fire", "Ruby Tuesday", "Jumpin' Jack Flash", "Surf's Up", "'Till I Die", "Surfin' USA", "Volunteers", "Mr. Tambourine Man", mas com os nomes das bandas trocados. Nós iríamos todos representar os grupos vestidos de *drag* e com muita maquiagem. E o álbum teria notas de texto tipo: "Esta música do Doors foi um grande hit em 1967. A banda tirou esse nome de The Floors of Deception, de Aldie Huckle. E assim por diante. A gente tiraria fotos. Até fizemos esse lance com os Stones. Robbins era Jagger, Buck era Richard, Beauvy era Watts, Russell era Brian Jones, e a gente tinha o Mick Taylor para ser ele mesmo. Tiramos essa foto e ficou tudo realmente parecido com os Stones. Robbins estava incrível, e também Russell. "Eu acho que a banda vai fazer isso um dia, mas como um programa de rádio, com um disc jockey apresentando as músicas e contando fatos da história da banda. Se a gente fizer isso vai ser uma brincadeira ótima, sério..."

Ele queria transformar em música o monólogo de duas horas e meia de fluxo de consciência da Molly Bloom, escrito pelo

Joyce. Para compor uma música chamada "Green", ele pintou a sala de verde, os móveis de verde, tudo ficou verde. Pintou os troncos das árvores do quintal de verde, para combinarem com as folhas.

Para compor uma música chamada "Water", ele gravou todos os tipos de fontes, córregos, água da torneira, água num copo, e com apenas um sintetizador ele acelerava ou retardava as gravações à rotação necessária para tocar a linha melódica. A 42nd St. Band faz os vocais no fim da música.

Ele criou seu próprio selo na Sunflower e produziu uma gravação de head-music com a 42nd St. Band & uma com o Aeternum (ainda não lançada).

Ele queria capturar o som do voo, então zarpou num planador levando um Moog para tocá-lo no ar. Com um receiver em terra, um estúdio móvel de quatro canais alugado especialmente para a ocasião, gravou o que Reeves tocava. Reeves voou outra vez, agora com seis microfones (para capturar o som do vento). Quando escutou o que tinha gravado, disse que conseguia ouvir os pássaros no fundo.

Cada vez que ficava satisfeito com um número de faixas (suficientes para um álbum), ele planejava a capa, tirava fotos, tudo. O álbum estava pronto para o lançamento, se ele quisesse lançá-lo.

Há três lados de Allan Reeves: quando compõe canções para 42nd St. Band, quando faz coisas loucas (verde, água, voo) & quando compõe música mais séria (notas para um balé caubói, o "Hobbit", "Seasons").

Por vezes ele aparecia com ideias estranhas para um álbum: (meio como Brian Wilson) poderia sugerir para a banda coisas como "Vamos fazer um álbum hollywood", ou "Vamos fazer um álbum maconha". Ninguém perguntava o que seria um álbum maconha, pensavam que estava brincando. Mas suas ideias por fim davam guinadas [como] quando a banda gravou um "álbum infância" (*Unfinished Folk-Song*) e um "álbum-mar" (*Sea & Land*). Mas ele dizia que não era isso que ele tinha imaginado. Ele queria um álbum com música não sobre o mar, mas que *fosse* o mar feito música. Dizia que, embora tivesse gostado de compor *Sea & Land*, que era uma excelente obra musical, ele tinha pensado num álbum que *fosse* o mar.

(Por fim ele começa a compor uma música própria chamada "Sea", mas que acabou sendo "Wind on the Shoreline".)

"Você pode fazer faixas diferentes a partir de mares diferentes, como o Mediterrâneo, ou o Báltico, ou o oceano Pacífico, tipo, mudando os instrumentos quando você toca cada um dos mares, tipo colocando bouzoukis e bandolins para o Mediterrâneo, ou guitarra havaiana para o Pacífico." Ele estava falando sério. Dizia que Russell e Beauvy eram muito imaginativos e fantasiosos. "Eles tinham que transformar isso num álbum pirata. Aí haveria pessoas nele. Beauvy seria o herói. Ele é sempre o herói nas nossas gravações, tal como foi em *Southern Star* ou em *Sea & Land*. Ele é muito romântico e sentimental, embora demore pra gente perceber isso; faz coisas como: 'Blonde Girl in the Blue Jeans', ou 'If You Weren't Southern', ou 'Aftergame'. Russell é mais pé no chão, gosta de coisas concretas como 'A Hero's Lament'. 'Hard Times' foi quase só dele, sabe? Mas 'Jesse James' era bem romântica e cheia de ficção. Você pode ver que sempre que Nick & Eric fazem uma canção é uma balada solitária, uma historinha com começo, meio e fim, e... é sempre coisa sentimental, como as faixas da Califórnia no álbum *Strawberry Wine*. Eu gosto muito do que eles fazem agora, eles amadureceram como profissionais e artistas; eu, não. Não sei por que a imprensa hoje anda tão fria com eles.

Pra mim, *Surfer* é uma obra-prima, um dos discos mais lindos que já ouvi, e é um álbum-mar, tipo isso, saca? Acima de tudo, acho que é bem um álbum de verão." —

"DAISY HAWKINS"
Uma canção de Allan Reeves

Looking through the stained-glass window
Waiting for the rain to come
While she makes the bishop's tea
Lonely mother without a son
Daisy hears the bishop's call
In quiet steps goes to the door
The bishop's smile reveals the sadness
Her son has died in war
She pours the tea into the cup
Hoping the old man will say more
About her son, about his death,
January 1st, 1944.
"At last a word", thinks to herself
When the bishop sighs in awe
In disbelief he picks up the cup
That has fallen to the floor
"Not a broken piece", he says
And lonely Daisy Hawkins cries
"About my son not a word you have said"
The tears run from her light-blue eyes
The bishop answers, "What can I say?
He was your son not mine.
I didn't even know his age".
"Eighteen." "Too young to die."
"Is that all you say about my son?"

Asks Daisy as she drinks her tea
"I ask again, what can I say?
He was unknown to me."
The bishop bites his chocolate biscuit
And once again expresses his sorrow
"Today is January 6th, my dear.
Seventh day prayers will be tomorrow."
Time is up, he must go now.
In quiet steps goes to the door
While Daisy Hawkins stares into space
Remembering her son's fate in war
The bishop stands out in the garden
He bids farewell and is soon gone
Daisy stands beside the fireplace
And suddenly remembers a nursery-rhyme song
She looks again through the stained-glass window
Her son has gone,
The rain has come
"Tomorrow shall be another day", she thinks
And feels the first rays of the after-rain sun.*

---

* Espiando pelo vitral/ Os sinais da chuva que vem/ Ela faz o chá do bispo/ Mãe solitária sem filho/ Daisy escuta, o bispo chama,/ Anda lenta até a porta/ Ele dá um sorriso triste/ O filho dela morreu na guerra/ Ela despeja chá na xícara/ Querendo ouvir mais do velho/ Sobre seu filho e sua morte/ 1º de janeiro de 1944./ "Uma só palavra", pensa/ Quando o bispo suspira com espanto/ Incrédulo pega a xícara/ Que caiu no chão/ "Nem trincou", ele diz/ E a solitária Daisy Hawkins grita/ "E o meu filho, não diz nada?"/ O pranto corre no olho azul/ O bispo explica: "O que dizer?/ O filho é seu, não meu./ Não sei nem a idade dele"./ "Dezoito." "Jovem demais para morrer."/ "Só isso você diz dele?"/ Pergunta Daisy e bebe o chá/ "Digo e repito: o que dizer?/ Não o conheci."/ Ele morde o biscoito de chocolate/ E repete seu pesar/ "Hoje é dia 6 de janeiro, minha cara./ Amanhã é missa de sétimo dia."/ Já é hora, ele deve partir./ Em passos calmos vai à porta/ Enquanto Daisy Hawkins olha o nada/ Lembrando o destino do filho na guerra/ No jardim o bispo se endireita/ Diz adeus e logo some/ Daisy para ao lado da lareira/ E logo lembra uma cantiga de ninar/ Olha de novo pelo vitral/ Seu filho se vai,/ A chuva já cai/ "Amanhã é outro dia", ela pensa/ E sente o primeiro raio de sol depois da chuva.

ALGUMAS NOTAS SOBRE A TRAJETÓRIA DE ALLAN REEVES

Eric Russell escreve *Friends Forever* sobre Reeves.

Reeves exagera nas drogas. Decide pôr em música os livros que leu (a começar pela trilogia do Hobbit, de Tolkien), objetos, coisas (tipo fazer música não sobre a TV, a música é a TV).

Sozinho, grava bastante, mas não lança nada.

Mago do teclado (toca uma orquestra completa no teclado).

Colabora com o Aeternum.

Decide sair da 42nd St. Band.

Lança dois álbuns em que os integrantes da banda tocam (outras gravações serão lançadas no futuro).

Planeja *Super-masterpiece* (incompleto).

Induz o Aeternum a fazer peças como *Birthday of the Infanta* e a rearranjar coisas como *Billy the Kid* & *An American Paris*.

Grava novo álbum.

É convidado para entrar no Aeternum.

Morre num acidente de avião.

Último álbum incompleto.

É lançada uma compilação da 42nd St. Band com as canções de Reeves na banda, bem como:
Friends Forever
The Tolkien Trilogy — *The Hobbit*
Music About Things
The Music Box

Super-Masterpiece (incompleto) é lançado.
Uma coisa western tipo *Suite: Billy the Kid* de Copland.

A VIDA CONTINUA — TURNÊ PELA EUROPA

LONDRES — São esperados mais de 100 mil fãs britânicos da 42nd St. Band em Boulogne-sur-Mer.

COPENHAGUE — A turnê (shows remarcados) europeia está sendo um grande sucesso. A banda não planeja fazer turnê na Grã-Bretanha. Um concerto gratuito ao ar livre será realizado em Boulogne-sur-Mer, na França, no mês que vem.

BOULOGNE-SUR-MER — Faltam quatro dias, e já há 10 mil pessoas acampadas dentro e fora de Boulogne-sur-Mer para o show ao ar livre da 42nd St. Band. A equipe de filmagem já chegou e o palco está sendo montado. Será feito um filme sobre o evento e talvez um álbum ao vivo.

BOULOGNE-SUR-MER — O concerto começa em doze horas e já se estima um número de 400 mil espectadores. Um reforço policial está vindo de Paris. Há rumores de que amigos podem aparecer (Dylan, Jagger, Linda Ronstadt, Emmilou Harris). Pessoas ainda estão chegando.

BOULOGNE-SUR-MER — São quatro da tarde agora e o show vai começar a qualquer momento. A banda está no palco testando o som. Amplificadores extras foram trazidos de Nova York ontem, além de alto-falantes. Três deles estão sendo montados. O show está marcado para as cinco.

BOULOGNE-SUR-MER — O show começa às 4h30. Público de mais de 500 mil pessoas.

BOULOGNE-SUR-MER — O show durou três horas e meia. A banda anunciou outro show, marcado para as quatro horas da madrugada.

BOULOGNE-SUR-MER — Começa o segundo show com convidados-surpresa.
Foi até as sete da manhã, durou mais de duas horas e meia.
8H — A banda parte para Nice.
3H — O maior engarrafamento musical da história (ou quase). Mais de 40 mil veículos engarrafados na pequena estrada de Boulogne-sur-Mer até Calais e na outra que segue para Paris.
7H — O engarrafamento acaba. As pessoas ainda estão acampadas no entorno da cidade.

NOVA YORK — Estreia o filme 42nd *St. Band*. A trilha sonora não será lançada por excesso de material gravado, mas um álbum duplo com os melhores momentos do show chega ao mercado no mês que vem. Os integrantes da 42nd St. Band descansam na Califórnia.

DA ACLAMAÇÃO À HOSTILIDADE DA IMPRENSA

É como quando Dylan vai do folk ao rock, ou como se os Beatles tivessem se separado em 1967, depois de *Sgt. Pepper's*.

1976
A encrenca de *Morning Blues* — as canções "Jesse James" & "Mary Ann".

1977
Russell/Beauvy gravam álbum solo em segredo.
Escândalos em série: primeiro "Jesse James", depois quando Russell e Beauvy são chamados de "gênios".
Russell pensa em sair da banda.
Beck sai da banda.
Beauvy curte som country-folk-western-acústico.
Sucesso, sucesso, sucesso. "A maior banda de todos os tempos."
Sequência de shows com a nata do rock, country, folk etc.
Sucesso, sucesso, sucesso. Todos os discos são considerados "obras-primas" pela imprensa.

1982
Mick Taylor & Allan Reeves saem da banda.
Por alguma razão inexplicável a imprensa culpa Beauvy, Russell & Philips pela saída de Taylor & Reeves.
A imprensa é hostil aos novos integrantes.

Uma coincidência: o som da banda muda muito depois da saída de Taylor & Reeves.
A imprensa está completamente contra eles (i.e. a imprensa britânica).

POSSÍVEIS MOTIVOS:

1) Taylor & Reeves fora da banda. Imprensa culpa Rus, Beau, Phil.

2) Mudança de som. Ainda excelente, só que mais simples, direto e comercial.

3) A imprensa acusa a banda de ser caça-níqueis (quanto mais vende, mais quer).

4) Reação tardia ao autoexílio em razão dos impostos britânicos (em 1977 eles se mudaram para os Estados Unidos).

5) A imprensa (britânica) sente ciúme porque a banda tinha quatro integrantes britânicos e um norte-americano na sua primeira formação, portanto "a maior banda de todos os tempos" era britânica. Agora ela tem cinco norte-americanos e um britânico e é considerada uma banda norte-americana pelos norte-americanos e pelo resto do mundo musical, para grande desgosto dos britânicos.

6) A imprensa não gosta dos novos integrantes. São todos norte-americanos. Quer outro álbum *Back to London*. (Reagiu com violência ao lançamento de *Back to L.A.*, ou quase.) Quer outro álbum *Eric Russell/Nicholas Beauvy*. Quer outros épicos. Quer vários overdubs & técnica de estúdio no álbum.

CLÍMAX: A imprensa literalmente destrói o álbum da banda (sem título — o que tem "The Fool"). Os fãs se voltam contra a imprensa.

RESULTADO: A imprensa concede perdão oficial à banda. Tenta explicar seus motivos etc. Porém a banda está na Califórnia, lançando single atrás de single, álbum atrás de álbum, fazendo turnês & turnês, & nunca mais fará turnês na Grã-Bretanha.

NOTA INTERESSANTE: um concerto ao ar livre em Boulogne-sur--Mer fica repleto de fãs britânicos. "Voltem, a gente ama vocês."

A GRAVAÇÃO DE UM ENSAIO DA 42ND ST. BAND NA CALIFÓRNIA

Jeff Pratt: Não. Espera. Eu peguei errado. (canta) lá-lá-lá-lá-lá.
Eric Russell: Você não anotou?
Jeff: Não. Espera. Acho que peguei. (canta) lá-lá-lá-lá-lá. É! Sim, é como... (toca certo) (Eric o acompanha)
Eric: Ei, Nick. (grita) Nick!
Nick Beauvy: Quê?
Eric: Pega pra gente aquele gravador no hall, por favor?
Nick: (vai até o sofá com uma bandeja de sanduíches) O.k.
Jeff: (ri) Quem é que vai comer tudo isso?
Nick: Se você não comer, eu como. Não tem nenhum gravador no hall.
Eric: (para de tocar) Bom. Então está no meu quarto.
Nick: A Mitch está lá?
Eric: Não, ela saiu com as crianças. Foi fazer compras ou algo assim.
Nick: Hmmm (vai até o quarto).
Jeff: Então a gente espera (acende um cigarro).
Eric: (passa o cinzeiro) Esse pessoal nunca chega na hora. Já deu meia hora de atraso. Que merda.
Jeff: Robs disse que ia comprar uns discos e chegar um pouco mais tarde.
(Toca a campainha.)
Jeff: Eu atendo. (abre a porta) Oi, Robs.
John Robbins: Cadê todo mundo?

Jeff: Nick já chegou. Jesse e Buck ainda não. O que é isso? (aponta um pacote na mão de Robs)

Robs: Ah, isso? (vai até o sofá) Alguns discos que eu acabei de comprar (abre o pacote). Veja este aqui, Eric (mostra álbuns antigos dos Stones).

Eric: Uau! Onde você arranjou isso aí?

Robs: Na Ocean. Eles relançaram tudo.

Eric: Uau. Vamos escutar.

Jeff: (para Robs) Ele não tem todos?

Robs: Tem. Mas estão todos estragados.

Eric: (liga o amplificador e o toca-discos) (cantando) *"Gold Coast slave ship bound for cotton fields…"*

Robs: (dança) *"Sold it in the market down in New Orleans."*

Nick: (vem com um gravador) O que está acontecendo?

Jeff: (enquanto Eric & Robs dançam) O Robs comprou esses álbuns dos Stones (mostra alguns para ele). Foram relançados.

Nick: (comendo sanduíche de presunto) Hmm… O Jesse já chegou?

Jeff: Não.

Nick: Vamos pro estúdio.

Jeff: Está tudo lá?

Nick: Espero que sim (olha para as chaves de energia). Ei, Eric!

Jeff: Número cinco.

Nick: Quê?

Jeff: O estúdio um é a número cinco (aponta para a chave).

Nick: Ah (entra no estúdio). Opa. Está tudo aqui. Eric! Robs! (vai para a sala) Ei, Eric!

Eric: (dança e canta) Quê? *"Yeah, Yeah, Yeah."*

Eric & Robs: *"Oooooo. How come you dance so good?"*

Nick: Você vem ou não vem?

Eric: Só um minutinho. "*I said yeah, yeah, yeah, oooooo!*"

Jeff: (entra) Será que vocês podem desligar isso? A campainha está tocando.

Robs: Deixa tocar (a canção acaba). Ei, vamos ouvir "Can't You Hear Me Knocking".

Eric: (enquanto Jeff vai até a porta) É! (vira o LP e aumenta o volume pra valer) Eu simplesmente amo essa música. Sente a pegada! (dança)

Jeff: (abre a porta) Ei, gente, vocês estão atrasados. Venham!

(Jesse Philips & Jon Buck entram. Jesse vê o violão de Jeff.)

Jesse: O que é isso? (ninguém escuta, o som está muito alto)

Nick: Vocês não vêm pro estúdio?

Eric: Quê? (Jesse toca o violão de Jeff)

Nick: (grita) Vocês não vêm?

Eric: Só um segundo. "*She's got speed freak jive…*"

(Buck também dança e canta.)

(Nick, Jeff e Jesse seguem para o estúdio e levam dois violões.)

Nick: Por que eu tinha que trazer o gravador, se a gente vai pro estúdio?

Buck: (ainda dança) Você tem algum baseado, Eric?

Eric: Tenho.

Nick: (com sotaque britânico, através do amplificador) Ei, a gente também quer. Vamos chapar geral.

Eric: É um lazarento.

Jeff: (curioso) O que foi?

Robs: (interessado) O que foi…??

Eric: Ele conectou os amplificadores no microfone do estúdio.

Buck: (ainda dança) Eu queria saber por que ele falou aquilo com sotaque londrino.

Nick: Ei, o que é isso? (pega uma fita mestre)

Buck: (ainda dança) Vamos acender esses baseados, Eric.

(De repente, um cover de "Do It Again" dos Beach Boys chega ao amplificador.)

Nick: Ei! A gente gravou isso na garagem do Tio Carl!

(Buck dança ao som da música. Robs bate palmas.)

Jeff: Você acha mesmo?!

Eric: (entra no estúdio) A gente gravou em 1971. Eu achei as fitas e fiquei masterizando.

Nick: Onde foi que você encontrou essas fitas?

Eric: Eu tinha levado pra Montana faz um tempo, porque pensei que eram fitas virgens, então deixei por lá, aí o Dave mandou de volta pra gente.

Buck: (ainda dança, agora ao som de "Don't Worry Baby") Impressionante.

Robs: (também dança) Vamos tocar uns hits dos Beach Boys!

Jeff: Eu não sei as letras.

Buck: (dança) Basta cantar: "*surf surf yeah baby dig girls girls California cars cars girls surfin*", coisas desse tipo.

(Eric testa o baixo. E toca acompanhando a música "California Girls".)

(Nick canta acompanhando a música.)

Robs: (dança) Bacana.

Buck: (para de dançar. A música acaba) E os tais baseados, Eric?

Robs: (ainda) "*California girls…*"

Nick: Aposto que a próxima é "Good Vibrations".

Jeff: (pega o violão) É muito difícil tocar essa de primeira, é cheia de mudança de escalas e trabalho de estúdio.

Buck: (dança de novo) Impressionante. É "Help Me Rhonda". (canta) "*Help me Rhonda help-help-me-Rhon-da…*"

Robs: Que nome foda. Parece inseto. Spray ou coisa do gênero.
Jeff: É com H.
Buck: Impressionante. Acho que vou parar de dançar. (para de dançar) Qual é a próxima na fita?
Jeff: (lê) … "Just One in My Life…
Buck: Isso é Phil Spector! (vai até o teclado) Está ligado? (testa)
Jeff: (faz uma careta e protege os ouvidos) Abaixa isso!
Buck: (abaixa o volume) Seus filhos andaram tocando aqui, Eric.
Robs: (para de dançar e vai para o estúdio) Impressionante. Vamos tocar "Then I Kissed Her" (vai até o piano).
(A fita fica sem som.)
Jeff: O que aconteceu com a música?
Eric: (para de tocar baixo) A fita ficou sem som.
Robs: Se alguém falar "impressionante" de novo, eu vou gritar.
Buck: Vai se foder, Robs.
Nick: (ri) Impressionante! (começa tocar com Jesse e Eric "It's O.k.!", acompanhando a fita).
Jeff: Igualzinho a um musical vagabundo.
Robs: Ah, cala a boca, brother. (canta) *"In the sun-sun-sun-shine, in the sun-sun-sun-shine."*
(A essa altura todos tocam junto com a canção.)
Jeff: (termina a canção) Igualzinho a um musical vagabundo.
Buck: (canta) Vagabundo com *b*, vagamundo com *m*.
Robs: E os baseados, Eric?
Jesse: O Buck é que devia dizer isso.
Jeff: Vamos tocar "Do It Again".
(Eles tentam: Jeff se confunde no violão, Robs não sabe a letra.)
Jeff: Eu não sei tocar essa.
Robs: Ei, vamos tocar outra. Eu não sei a letra dessa.

(Jesse toca uma batida militar na bateria.)
(Eric afina o baixo no ritmo da batida.)
Buck: (depois de descer duas escalas no teclado) Vamos fumar haxixe.
Eric: (desliga o baixo do amplificador e vai até Buck) O.k.
(Eles saem.)
Robs: Meu Deus.
Nick: (canta com Jesse) *"Don't worry baby, don't worry baby…"*
(Robs se junta a eles, toca piano e canta. Jeff toca violão.)
Robs: Isso ficou maneiro.
Jeff: É! Vamos tocar "California Girls".
Eric: Eu faço o solo com você. (entra no quarto, Buck o acompanha. Pede um cigarro a Buck e acende um baseado)
(Jesse toca outra batida militar na bateria, dessa vez termina com uma batida no chimbal.)
Jeff: (tosse) O que é isso?
Buck: (puxando o baseado) É do Marrocos.
Robs: (experimenta) Vagabundo com Z.
Nick: Ah, vai se foder, Robs. Você está chapado. Vamos tocar "California Girls". (confusão)
(Jesse começa a levada, Nick toca violão, Jeff e Buck o acompanham, depois Eric e Robs.)
(No fim, o resto da tarde eles tocaram hits dos Beach Boys.)
(Terminam "California Girls") (Aplausos. Risos. Eric brinca no baixo. Piadas.)
Jeff: Vamos tocar aquela do Phil Spector.
Robs: "Then I Kissed Her"? (canta) *"And then I kissed her I thought I was in love…"*
Buck: Não. Vamos tocar "Just Once in My Life".
Jeff: Mas a gente já tentou tocar essa.

Robs: (imita Jeff) Tentou tocar essa… Vai se foder, Jeff.

Eric: (zombando) Vem me foder primeiro, boneca.

(Nick e Jesse tentam tocar a música. Ainda piadas e risos. Buck acompanha. Depois Jeff, Eric e Robs.)

(Eles tocam a música, Nick e Eric fazem os solos.)

Robs: (depois da música) Por que você não toca um órgão de festa na praia, Buck?

Jeff: Vamos tocar algo mais fácil.

Nick: "Fun, Fun, Fun" então…

Robs: Essa é muito primitiva.

Buck: Vamos tocar "Run, Run, Run"!

Eric: Quê? (cara de confuso)

Buck: *"It's round like a loop-de-loop and round like a merry-go-round in the tunnel of love…"*

Eric: Essa é "Palisades Park".

Buck: (toca uma música tipo de parque de diversões) "Run-run-running-now-a-ride-and-running."

Robs: Quem escreveu essa letra genial? Foi você, Jeff?

Jeff: (começa a se defender e depois desiste) Ah, vai, eu desisto.

Buck: (insistente) *"Down in Palisades Park…"*

(Eric, Jesse, Nick e Robs o acompanham.)

Robs: Está se embananando, Jeff?

Jeff: (sola ameaçadoramente) Quem está se embananando?

(Depois dessa música, eles tocam várias outras: "God Only Knows", "Darling", que soou surpreendentemente bem, "Rock 'n' Roll Music" e, por fim, por insistência de Robs, "Then I Kissed Her".)

UMA ENTREVISTA CHAPADA NO HAVAÍ

Liguei a fita...
John Robbins (Robs): (pega o microfone) Um, dois, três, teste, alô, alô. Primeira pergunta, por favor (posa de vedete hollywoodiana).
Jeff Pratt: Ah, deixa disso, Robs.
Eric Russell: (ríspido) Ele está chapado...
Robs: Vai se foder. É você que está com os olhos vermelhos. (imitando Eric) Ele está chaaapaaaado...
(risos)
(Eric murmura alguma coisa, Nick Beauvy pede um cinzeiro.)
Robs: Não tem nenhum cinzeiro.
Nick Beauvy: (acendendo um cigarro) Então onde eu vou jogar estas cinzas? Hein?
Robs: Joga no chão. Estamos pagando uma nota por estas suítes, o gerente do hotel não vai se importar...
Nick: (bate em Robs) Ah, cala a boca (risos).
Jesse Philips: (limpa a garganta) Beleza, vamos começar.

Hmm...
Robs: Que foi?

Esqueci a primeira pergunta...
Nick: O quê?
Robs: Ele esqueceu, ai Jesus. (risadinhas histéricas)

Beleza. Tá o.k. Hmm... Já sei. Por que vocês estão no Havaí?
Robs: Pra sermos entrevistados por você, meu lindo. Já ganhou uma chupada nessa piroca? (a risada histérica piora)
Eric: (tentando desesperadamente não rir) Escuta aqui, assim a gente nunca mais vai terminar. (a risada continua)
Jon Buck: (grita) Calem a boca, vocês todos! (silêncio temporário)
Eric: (ríspido, com sotaque britânico) Você não vai publicar isso, vai? (com um sorriso conspiratório) Hein? (volta a risada)

(entrevistador fala em tom sério) Escuta, a fita está rodando há uns dez minutos...
Robs: (meio jocoso) Foi você quem esqueceu as perguntas que ia fazer.

Certo. Por que vocês estão no Havaí?
Nick: (lembra da piada de Robs e ri) Bom, estamos aqui porque tem muito tempo que não fazemos uma turnê nas ilhas, então arranjamos esses dois shows.
Jesse: Verdade, fazia cinco anos que a gente não vinha pra cá.
Eric: (ríspido) Falem pra ele sobre o álbum...
Nick: E a gente começou a fazer esse álbum.

Já tem título?
Nick: Hmm, não, ainda não. Pensamos em chamar de The Hawaii Tapes.
Eric: (ríspido) Vai ser *Aloha*.
Robs: É. Mas ainda não decidimos.

Que tipo de músicas vai sair nele? É parecido com Performance?

Jeff: Ah, não, não. É o contrário. Tem uma coisa rítmica, sabe, tipo calipso e tal.

Robs: De qualquer forma, a maior parte das canções já está pronta. Só falta gravar.

Eric: (ríspido) Ainda falta preencher três minutos.

Jesse: Jon tem uma canção chamada "The Wave". Acho que vamos usar essa.

Eric: (ríspido) Não, não. É boa demais pra esse álbum.

Jon: Tá louco. Nem eu sabia disso!

Eric: (ríspido) É sério. É sério. É boa demais, não vamos usar essa. Deixa pro nosso próximo —

Você está sugerindo que esse álbum tem canções "ruins"?

Nick: (encarando Robs) "Tongue Twister" é, com certeza. Quer dizer... (risos)

Eric: (ainda ríspido) Não, é que — é só que esse disco deveria ser uma coisa mais livre, cheia de ritmos, mais comercial, daria para dizer. A canção do Jon é — é só complexa demais. Não cabe.

Jon: Complexa. Tá louco.

Eric: (ríspido, o sotaque britânico aumenta) Sério. Não daria pra colocar ela do lado de um calipso ou de outra faixa —

Robs: (hesitante) Poderia ser a faixa de abertura...

Eric: (levemente violento) A gente já tem uma faixa de abertura. E vai ser a faixa-título e —

Jeff: Mas...

Eric: (ríspido) Dá pra fazer uma canção do Brian Wilson...

Robs: De novo? Mais uma?

Nick: Eric está certo. A última canção do Brian Wilson que a gente fez foi no *Stories*, já faz muito tempo.

Robs: (reclamando) Mas a gente sempre toca ao vivo. Sempre.

Jeff: Não estou entendendo, Robs. Foi você que teve essa ideia —

Robs: (incomodado) É. Mas cansa. A gente toca em quase todo show.

Eric: (súbita explosão) Ei, vocês acham que eu já não estou de saco cheio de tocar "Jesse James" depois desse tempo todo, desses anos todos? Já devo ter tocado umas mil vezes —

Nick: (surpresa sincera) Qual o problema com o Brian? Dava pra fazer uma série inteira só com as antigas dos Beach Boys. São canções maravilhosas, você sabe disso, Robs.

Robs: Não há negócio como o negócio da música.

Jon: Dava pra tocar "Pet Sounds".

Nick: É! "Sloop John B."

Jon: Não, eu estou querendo dizer aquela, a instrumental.

Eric: (devagar) Não, é típica demais. "Pet Sounds", sabe…

Nick: Dava pra —

Jon: Aquela do vamos dar um tempo por aí, então —

Robs: Sim, vamos…

Eric: (confuso) Vou com você então —

Jesse: Você não vai a lugar nenhum. Senta aí.

Nick: Ele está falando da música, Eric.

Eric: (se dá conta) Ah, sim, dava pra tocar…

Robs: Você está doidão. Mal sabe o que está acontecendo.

Jeff: Para com isso, Robs.

Eric: (não dá a mínima) E daí se eu estiver —

(*entrevistador sem jeito*) *Odeio interromper vocês, mas vejam, acho que a entrevista não está chegando a lugar algum.*

Jesse: Verdade.
Robs: Culpa do Eric —
Jon: Deixa de ser chato.
Robs: Escuta, ele sabia que a gente ia dar uma entrevista, não devia ter ficado chapado —
Eric: (ainda ríspido) Robs, por favor, para. Eu não sabia, a parada é tão forte que me pegou pra valer, já faz uns minutos. Eu não sabia que o troço era bom desse jeito, sabe? Eu não —
Robs: (calmo) Não precisa pedir desculpa.
Eric: (agora sob forte influência da maconha) Eu não pedi. Não estou pedindo desculpa (não fala de modo muito claro).
Nick: Tudo bem com você?
Eric: Tudo ótimo. Estou ótimo.
Jon: Ainda tem um pouco do beque?
Eric: (começa a falar) Sim, tão sobrando dois baseados (revirando os bolsos). Onde foi que eu enfiei —
Robs: (para o entrevistador) Escuta. Seria demais se a gente pedisse pra você voltar amanhã?

Não, tudo bem.
Eric: Sinto, sinto muito por ter criado esse problema —

Tudo bem. Eu não estava mesmo no clima hoje.
Eric: Eu vou sair deste hotel —

Mas vocês têm que dizer onde eu consigo achar vocês amanhã —
Eric: Não gosto deste lugar. Nick, vamos pra casa do Tio Carl.
Nick: Agora?
Jesse: Por que não? A gente pode passar o fim de semana lá —
Jeff: E o estúdio?

Robs: Ah, deixa pra lá. Vamos tirar uns dias de folga e depois fazer os shows —

Eric: (para o entrevistador) Ei. James. James —

O quê?

Eric: Você pode ir pra casa do Tio Carl amanhã —

Nick: A gente te passa o endereço —

Eric: Você pode entrevistar a gente lá mesmo —

Beleza.

(Nick escreve alguma coisa no caderno do entrevistador.)

Oahu? Nunca estive lá.

Eric: É um lugar bacana. Você vai adorar. É —

Robs: (com sinceridade) Dá um jeito de acertar as perguntas.

Eric: O quê? Que perguntas?

Jon: Ele está falando com o James.

Eric: Ah. Ainda quer um baseado? Eu tenho mais no meu quarto.

Jon: Claro.

Eric: Você vem?

Jon: Quê?

Eric: Você vem comigo e com o Nick?

THE OAHU RAG

Esse concerto aconteceu na fazenda do Carl Russell em Oahu. Uma hora antes de começar, estações de rádio FM por toda a ilha transmitiram vários miniboletins com informações sobre o concerto e onde ele aconteceria. Em pouco tempo quinhentos jovens se juntaram lá, e, como os outros integrantes da banda ainda não tinham chegado, Eric Russell tocou duas músicas solo. O próximo a chegar foi Jesse Philips, depois Jeff Pratt, Jon Buck e por fim John Robbins e Nicholas Beauvy. Novecentos jovens assistiram a tudo e o evento foi transmitido por uma estação de FM. Perto do fim (começou às três da tarde), lá pelas seis, mais de mil pessoas estavam lá, e muita gente continuava a chegar. A banda atacou as músicas com instrumentos elétricos. Parece que muitos pensaram que as transmissões eram uma piada (como a banda esperava) e mais de duas mil chegaram ao local às sete e meia, mas o concerto já tinha terminado. Naquela altura a banda já estava a caminho de Honolulu para a festa de aniversário de Nicholas Beauvy, no Biltmore do Havaí, que começaria às nove e meia.

NN
for Nasty!
Naughty

Blow Job Blues

I'm going to throw you on the floor
Spread your legs apart
Yeah yeah yeah I'm going to do it with my heart
Oh baby
Yeah yeah baby
Oo - oo - oo
Baby, blow job tonight.
I'm eating corn flakes in the jungle
Waiting for the third world war
I'm eating corn flakes in the jungle
Waiting for the third world war
I'm going to blow you, baby
And then I'm coming back for more.
Have some fun tonight
Have some fun tonight
Everything's alright
Have some fun tonight
Oh baby, some fun tonight
Honey, forget your dildo, I'm home
Darling, forget your dildo, I'm home
Blow me blow me blow me
Blow me blow me blow me
Ow! All right!
Gimme head Gimme head
I'm falling out of the bed
Gimme head Gimme head
I'm falling right outta bed
We got the blow job blues
But we should be making love instead
(like 'normal' folks do) oooo
I got a bad case of the sixty nine
Oooo and I'm feeling just fine
Yeah
Yeah
All right.

"BLUES DO BOQUETE"

Uma canção de John Robbins

Eu vou te jogar no chão
Abrir as tuas pernas
Sim sim sim e vou fazer de coração
Ah meu bem
Sim sim meu bem
Oo-oo-oo
Meu bem, boquete hoje à noite.
Eu tô comendo sucrilhos na selva
Esperando a terceira grande guerra.
Eu tô comendo sucrilhos na selva
Esperando a terceira grande guerra.
Eu vou te chupar, meu bem
E depois vou voltar sem trégua.
Divirta-se esta noite
Divirta-se esta noite
Está tudo bem
Divirta-se esta noite
Ah, meu bem, divirta-se esta noite
Delícia, esquece seu consolo, eu cheguei.
Amor, esquece o seu consolo, eu cheguei.
Me chupa, me chupa, me chupa
Me chupa, me chupa, me chupa.
Oh. Isso aí!
Me lambe Me lambe

Eu vou cair da cama
Me lambe Me lambe
Eu vou cair da cama
Este é o blues do boquete
Mas melhor seria só fazer amor
(como as pessoas normais) oooo
Do meia-nove eu sou refém
Ooooo e me sinto tão bem
Sim
Sim
Isso aí.

21 DE JANEIRO DE 1988:
JOHN ROBBINS EM LONDRES

John Robbins, famoso pelo "Blow Job Blues", está em Londres. Diz que vai comprar microfones e amplificadores novos, além de discos. "A banda vai fazer turnê pela Europa na próxima semana, sabe, e eu só estou fazendo um pouco de turismo." Sua chegada ao porto marítimo foi um naufrágio; uma meninada entre os doze e os dezessete lotava todo o porto e um tumulto começou quando Robbins desceu as escadas para a entrada principal. "Eu não esperava uma recepção dessas, quer dizer, a gente não se apresenta aqui desde 1985. Talvez tenham sido os filmes. Me disseram que eles tiveram um bom impacto aqui." A multidão conseguiu exatamente o que esperava (e queria): Robbins estava espalhafatoso como sempre, com um olhar chocantemente ameaçador e uma sexualidade esotérica vibrante. Orgasmos na multidão, como sempre. "Talvez o 'B-J Blues' seja lançado como single, não sei. A gente estava trabalhando agora em 'For One Another', então acho que é por isso que não estou tão interessado." Ele disse que estava procurando por um *bootleg* da banda, de 1982, que tinha uma versão de vinte e oito minutos de "Tongue Twister/Wild Peaches". "Talvez eu consiga achar no The Rope. Eles sempre têm umas coisas lá." Robbins chegou com os amigos Lee Montgomery, Herb Gadlin e Alice Davis. Jade está na Jamaica com Dale Scarlett e Jon Buck. Jeff, Ann, Eric, Michelle, Nick, Marianne, Monica, Jesse, David Parsons, Andrea

P-J, Andrea McArdle e Tat estão na Noruega e depois seguem para a Grã-Bretanha na semana que vem. Correm rumores de que Eric Russell não tem permissão para entrar no país por causa de uma acusação de posse de haxixe no começo de 1983, mas Robbins confirma a presença de Russell. "É claro que ele vem, ele nasceu aqui, não? E haxixe é tão comum hoje em dia, ora. Seria uma estupidez total dessa gente impedir o Russell de entrar, depois de tantos anos sem a gente fazer uma turnê na Grã-Bretanha. Ele tem que vir!" Vocês têm um álbum pra gravar aqui ao vivo? "Claro! A gente vai gravar uns extras e lançar ao vivo." E se ele não puder vir? "Aí ele vai assobiando para Woodshill e vai ficar por lá, tocando as baladas dele para *alguém*. E a turnê vai ser cancelada, porque Jeff e Nick não querem tocar sem Russell, e Buck vai gravar um álbum com Reeves. Phil também vai voltar pra Woodshill, pra cuidar do jardim. Plantar umas sementes de marijuana, acho, ou coisa do tipo." E você? "Eu vou ficar trancado no hotel até aparecer algo melhor pra fazer. Tipo formar uma banda punk, sair na noite. Só isso." É claro que vocês, leitores, sabem que, se isso acontecer, a temporada de Robbins na Grã-Bretanha será o grande assunto das conversas nos próximos cinco anos. Todo mundo sabe o que aconteceu em Bruxelas e os britânicos entediados estão loucos pelo próximo escândalo envolvendo Robbins, Lee, Herb, Alice, Russell, Dale, Jade, Buck e Nick e os Parsons.

ÚLTIMO SHOW AO VIVO

Depois de uma longa turnê pelos EUA, Canadá, Europa, África do Sul, Japão e Austrália, a banda decidiu que seu último show ao vivo seria em Woodstock Hill, uma fazenda perto de Big Sur, Califórnia, pertencente a Philips, Taylor, Russell, Beauvy e Pratt. É um festival de dois dias que, além de performances da banda, conta com outros artistas da Sunflower e convidados especiais. A banda sobe ao palco duas vezes. Na segunda, faz seu típico show de duas horas e meia, enquanto é exibido um filme sobre a sua história. Não há bis. Depois que Nick Beauvy diz "Obrigado por tudo. Boa noite", o público aplaude de pé por cinco minutos e em seguida ouve-se um registro de 1968 de "All Summer Long". A banda volta ao palco para cantar a canção de Brian Wilson (uma versão de seis minutos), o público (oitocentos mil) canta junto. Depois, mais aplausos por cinco minutos. Cada integrante da banda então sobe ao palco para fazer um tipo de discurso de despedida. Mick Taylor faz uma aparição-surpresa. Por fim a banda toca "Smile" e o show (que durou quatro horas e meia) acaba. O público aplaude por dez minutos, enquanto é exibido o último filme (créditos e equipe).

O QUE ACONTECE DEPOIS DA SEPARAÇÃO DA BANDA?

Russell, Beauvy & Philips lançam um disco, Jon Buck/Jesse Philips formam uma dupla, Jeff Pratt/John Robbins formam uma banda.

Depois disso:

ERIC RUSSELL — se interessa por cinema, escreve e dirige filmes para a Sunflower. Escreve esporadicamente sobre música para a imprensa etc. Aparece de vez em quando para tocar vilão. Lança discos de violão clássico. Escreve biografias e um livro sobre rock.

NICHOLAS BEAUVY — trabalha na Sunflower Co., se interessa por fotografia (trabalha na imprensa e também em cinema). Torna-se chefe do departamento de música na Sunflower. Também escreve sobre música. Aparece ao vivo esporadicamente; também é músico de estúdio.

JESSE PHILIPS — Lança dois álbuns com Buck: *Senseless Music* e *Two as One*. Ele na bateria e Buck no teclado. Dá aulas de história & economia em _____. Escreve livros de história e geografia para crianças. Dá aulas de violão, bandolim, banjo e percussão. Leva uma vida tranquila. Interessado também em agricultura e natureza. Trabalha ainda como produtor na Sunflower.

JEFF PRATT — lança dois álbuns em dupla com John Robbins. Em *Essence*, Robs toca bateria e teclado. Em *Denmark*, Jeff toca guitarra. Depois do fim da banda com Robbins, trabalha com publicidade e fotografia. Músico de estúdio. Trabalha com Beauvy na Sunflower (chefe do departamento de publicidade). Escreve sobre música.

JOHN ROBBINS — dupla com Jeff Pratt (dois álbuns). Envolve-se com cinema e também televisão. Torna-se ator. Também se apresenta esporadicamente. Figura do jet set.

JON BUCK — lança cinco álbuns solo, trabalha com Allan Reeves e Jesse Philips. Estuda música, *magna cum laude* em música, doutorado e Ph.D. Ensina música. Trabalha com Allan Reeves. Aparece ao vivo regularmente.

ALLAN REEVES — faz quase tudo que se relacione com música. Trabalha com Jon Buck. Também dá aulas. Lança discos: *The Hobbit, Music About Things I, Seasons, Green, Friends Forever, Notes on a Cowboy Ballet, Villagers, Music About Things II, A Shadow Play, Summer Fugue* e *Endless* & aparece ao vivo regularmente. Buck e Reeves escrevem sobre música.

MICK TAYLOR — depois de lançar dois álbuns solo, faz uma pausa. Torna-se então chefe do departamento de música na Sunflower. Depois disso, se aposenta e leva uma vida feliz e tranquila. Tem uma fazenda também, próxima à de Philips.

E AGORA UM POUCO SOBRE A VIDA FAMILIAR

Eric Russell se casa com Michelle Baumann em 1978, aos 23 (Michelle tem 21). Eles têm quatro filhos (dois meninos e duas meninas).

Nick Beauvy se casa com Marianne Parsons em 1980, aos 25 (Marianne tem 23). Eles têm três filhos (duas meninas e um menino).

Jesse Philips se casa com Monica Philips em 1982, aos 27 (Monica tem 24). Eles têm cinco filhos (três meninos e duas meninas gêmeas).

Jeff Pratt se casa com _____ Wilson, filha de Dennis Wilson (1988). Eles têm dois filhos e duas filhas.

Jon Buck se casa com Dale Scarlett (modelo famosíssima) (1989). Eles têm dois filhos e uma filha.

Allan Reeves, aos 27, se casa com Andrea Palmer-James (irmã de Carl P. J.), de 21, em 1979. Eles têm duas filhas.

John Robbins se casa com Jade Jagger (1986). Eles têm um filho e uma filha.

etc.

DETALHES MÓRBIDOS: QUEM MORRE E QUANDO?

ROBBINS — overdose, aos 45
REEVES — falência cardíaca, aos 69
RUSSELL — câncer de pulmão, aos 67
BUCK — acidente de avião, aos 62
BEAU, PHIL — velhice, aos 74
JEFF — velhice, aos 78

Nossa, mas isso é tão trágico!

RESUMO DA ÓPERA

PRIMEIRAS GRAVAÇÕES

1. THE GARAGE (1969)
Integrantes: Mark Beauvy (guitarra solo, vocais), Nicholas Beauvy (violão e guitarra base, vocais), Eric Russell (baixo, garrafas de Coca, vocais), Jesse Philips (bateria, percussão, violão). Gravado por Carl Russell (Tio Carl) num gravador de dois canais, bobina-a-bobina.

Essa fita foi gravada na garagem de Russell, em junho de 1969, quatro meses depois da formação do Music Box. Consiste em covers de canções de Jefferson Airplane, Beach Boys, The Mamas & the Papas e The Rolling Stones. Inclui uma versão de "All Summer Long", depois aproveitada em *For One Another*. Nick Beauvy fala sobre essa fita: "Meu Deus, a gente era péssimo!". E está certo: a maior parte das músicas é interrompida subitamente depois de um erro de algum dos integrantes, e risos e piadas acompanham a interrupção (como em "All Summer Long"). Foi lançada como *bootleg* em 1982, um item de curiosidade, só para os fãs de carteirinha.

2. THE WOODSTOCK TAPES (1969)
Integrantes: Os mesmos da anterior. Gravada por Carl Russell no estúdio privado de um amigo, com oito canais. Mixada por Eric Russell (1978).

Gravada antes (julho) e depois (agosto/setembro) de os primos irem ao Woodstock Festival. Parece que o festival os inspirou; a gravação depois do evento é muito melhor, mas ainda falta algo. Já as peças acústicas são boas. O som geral melhorou (talvez por causa dos overdubs) e os vocais são tensos como sempre. A versão infantil que fizeram de "We Can Be Together" é um clássico desconhecido. Inclui uma composição própria, a punk "How I Hate Going to School". As fitas nunca foram lançadas.

3. THE HAWAII TAPES (1971)

Integrantes: Os mesmos da anterior. Daniel Goves na guitarra solo. Gravada por Carl Russell num gravador de quatro canais, bobina-a-bobina.

Gravada ao longo de 1971, na sala de Carl. As fitas cobrem dezoito horas e vinte minutos de canções de seus performers favoritos, incluindo oito músicas originais, dentre elas a assombrosa "Maybe I Still Love You". Também inclui doze versões acústicas e uma longa jam (dezoito minutos) para "Today", do Airplane. Sem as risadas e os erros, o som geral surpreende para uma gravação caseira. Lançada oficialmente pela Sunflower Experimental como um álbum duplo. As faixas foram escolhidas por Russell, Beauvy & Philips. *The Music Box — The Hawaii Tapes/Early Recordings of the 42nd St. Band* (1985).

4. STUDIO WORK (1973/1974)

Integrantes: Nicholas Beauvy (violão e guitarra, gaita, percussão, vocais), Eric Russell (baixo, vocais, violão, percussão), Jesse Philips (bateria, percussão, bandolim, banjo, violão, vocais). Gravado em Londres, num estúdio profissional com oito canais.

Consiste em geral de canções originais, muitas das quais aproveitadas em álbuns da 42nd St. Band, fitas gravadas entre novembro de 1973 e setembro de 1974. Cobre vinte e seis canções originais, dezessete baladas folk tradicionais e onze versões de canções de outros performers. Duas das vinte fitas mestres foram roubadas e tornaram-se o *bootleg* mais caro da banda (com exceção de *1870*). Excepcionalmente bem gravadas, as fitas mestres foram lançadas pela Sunflower Experimental no segundo volume das *Early Recordings of the 42nd St. Band*, e uma escuta atenta do álbum revela a amplitude dos talentos musicais e o gênio secreto, ainda nascente, de Russell, Beauvy e Philips. O álbum é fundamental. Lançado em 1986.

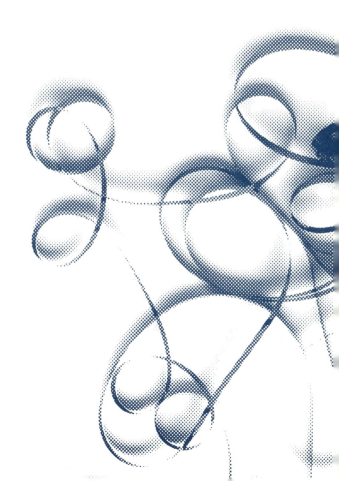

LINHA DO TEMPO

1974
jan. fev. mar. abr. mai. jun. jul. ago. set. out. nov. dez. **1975** jan. fev. mar. abr. mai. jun. jul. ago. set. out. nov. dez. **1976** jan. fev. mar. abr. ma

- the 42st. band single
- back to london single

1979
jan. fev. mar. abr. mai. jun. jul. ago. set. out. nov. dez. **1980** jan. fev. mar. abr. mai. jun. jul. ago. set. out. nov. dez. **1981** jan. fev. mar. abr. ma

- strawberry wine single
- country jam
- eastern winds

1984
jan. fev. mar. abr. mai. jun. jul. ago. set. out. nov. dez. **1985** jan. fev. mar. abr. mai. jun. jul. ago. set. out. nov. dez. **1986** jan. fev. mar. abr. m

- surfer
- the 42rd st. band at the pacific terrace center, long beach, california
- reeves desaparece em acidente de avião
- the fool
- show

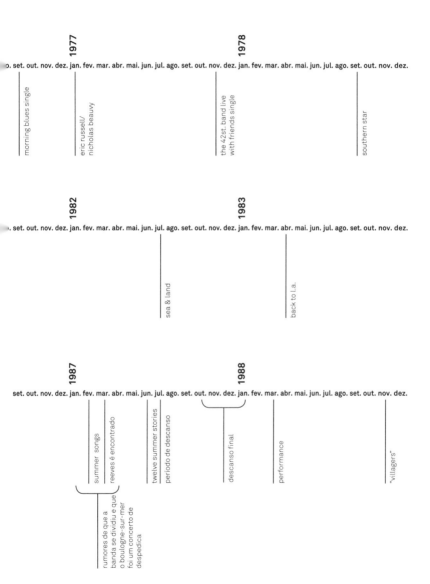

DISCOGRAFIA ATÉ 1987

1
- C *The 42ⁿᵈ St. Band*
- C *Back to London* **(D)**
- C *Morning Blues*
- NL *The 42ⁿᵈ St. Band Live** **(D)** ↗
- C *Eric Russell/Nicholas Beauvy*

2
- C *The 42ⁿᵈ St. Band Live with Friends* **(T)**[1] ↗
- I *Southern Star* **(T)**
- I *Strawberry Wine*
- NL *Country Jam* **(D)**
- NL *1870***
- I *Eastern Winds*
- I *Unfinished Folk Song*
- C *Sea & Land*

3
- C *Back to L.A.*
- C *Raspberry Jam****
- C *Surfer* **(D)**
- C *The Fool* **(L)**
- C *At the Pacific Terrace Center, Long Beach, California* **(T)** ↗
- NL *Summer Songs*
- NL *Boulogne-sur-Mer*
- C *Twelve Summer Stories*

1 AMIGOS SÃO:
Joni Mitchell, Crosby/Nash, Grace Slick, Marty Balin, Roger McGuinn, Jagger, Dylan, Carl, Dennis & Brian Wilson, Linda Ronstadt, Daryl Hall, Emmilou Harris, John Philips, Michelle Gillian, Rick Danko, Levon Helm.

↗ ÁLBUNS AO VIVO

1 – INTEGRANTES:
Jeff Beck, Mick Taylor, Allan Reeves, Eric Russell, Jesse Philips.

2 – INTEGRANTES:
Nicholas Beauvy, Mick Taylor, Allan Reeves, Eric Russell, Jesse Philips.

3 – INTEGRANTES:
Nicholas Beauvy, Jeff Pratt, Jon Buck, Eric Russell, Jesse Philips, John Robbins.

• Allan Reeves aparece em "Wind on the Shoreline".

• Apresentando Reeves, Oliver Christiann, Carl Palmer-James, Monica Philips, Marianne Parsons, Michelle Bauman.

C – COMPLETO
I – INCOMPLETO
NL – NÃO LISTADO

* Não lançados.

** Incompletos, não foram lançados.

*** Canções lançadas em *Surfer* e *Pacific Terrace Center* (álbum não foi lançado).

(L) Primeira organização, lançada parcialmente em *Pacific Terrace Center*, álbum ao vivo, e em Boulogne-sur-Mer. Título da canção lançada em *The Fool* (2).

(D) Álbum duplo.

(T) Álbum triplo.

DISCOGRAFIA — 2ª VERSÃO

The 42nd St. Band
Back to London
Morning Blues
The 42nd St. Band Live (lançado depois de *Eastern Winds*)
Eric Russell/Nicholas Beauvy (com Jesse Philips e Mick Taylor)
The 42nd St. Band Live with Friends (gravado ao vivo)
Southern Star
Strawberry Wine
1870 (incompleto)
Country Jam (ensaios de estúdio)
Eastern Winds
Unfinished Folk Song
Sea & Land
Gold and Silver (Russell, Beauvy, Philips)
Back to L.A.
Surfer
At the Pacific Terrace Center (gravado ao vivo)
Summer Songs
Twelve Summer Stories (Plus Two)
The Fool
Performance
Aloha
More (gravado ao vivo)

STRAWBERRY WINE

THE 42nd ST BAND

Smile (e "3√ 3")
Acrylic on Canvas
Love Songs
Leftovers
For One Another
All Summer Long (gravado ao vivo)
The Oahu Rag (gravado ao vivo)

DISCOGRAFIA COM DATAS E FASES

1ª FASE *The 42nd St. Band* — Março 75
Back to London — Dezembro 75
Morning Blues — Setembro 76
The 42nd St. Band Live — não lançado

2ª FASE *Eric Russell/Nicholas Beauvy* — Janeiro 77
The 42nd St. Band Live with Friends — Novembro 77
Southern Star — Setembro 78
Strawberry Wine — Setembro 79
Country Jam — Abril 80

3ª FASE *Eastern Winds* — Novembro 80
Unfinished Folk Song — Julho 81
Sea & Land — Julho 82

4ª FASE *Back to L.A.* — Abril 83
Raspberry Jam — lançamento cancelado
Surfer — Abril 84
Live at the Pacific Terrace Center — Novembro 84
The Fool — Setembro 85
Summer Stories — Junho 86

5ª FASE *Performance* — Novembro
álbum gótico — Setembro 88

álbum acústico — Maio 89
álbum country rhinestone Nashville — Janeiro 90
álbum de baladas simples country-folk-western
álbum de dirt-rock — Maio 91
álbum ao vivo (dirt-rock) — Outubro 91
álbum divertido, nostálgico — Junho 92*

* Idade dos membros da banda em 1992 (17 anos depois):
Russell, Beauvy, Philips — nascidos em 1955 — 37 anos
Buck — nascido em 1960 — 32 anos
Robbins, Pratt — nascidos em 1963 — 29 anos
Reeves morreu em junho de 1985 (acidente de avião)
Taylor & Reeves deixaram a banda em julho de 1982

NOTAS SOBRE ALGUNS DOS ÁLBUNS DAS FASES FINAIS

SEA & LAND (1981)
Mick Taylor
Eric Russell
Nicholas Beauvy
Jesse Philips
Allan Reeves

BACK TO L.A. (1982)
Jon Buck (teclado, guitarra, percussão, vocais)
John Robbins (percussão, guitarra, vocais)
Jeff Pratt (guitarra, vocais)
Eric Russell
Nicholas Beauvy
Jesse Philips
Allan Reeves (teclado & vocais em "Wind on the Shoreline")

SURFER (1984)
Jon Buck
John Robbins
Jeff Pratt
Eric Russell
Nicholas Beauvy
Jesse Philips

PERFORMANCE (1984)
a. Para lançar sobras e canções inéditas.
b. Para ter mais liberdade de fazer o que você quiser.
c. Pela mudança.
d. Para mostrar o estilo pessoal dos membros da banda ao compor e performar.

Nota: os quatro álbuns podem ser adquiridos de uma só vez, numa caixa, com libreto ilustrado, com luva e arte similar, ex.:

SETEMBRO 90
Pensar na performance de John Robbins e no que faz ela ser tão ofensiva e chocante.

UM LADO:
como músicos ("Sex-Idol", "Soundtrack")

OUTRO LADO:
como pessoas ("Twenty-Nine" etc.)
(duas canções de cada membro do grupo)

ÁLBUM REVELAÇÃO CONTENDO:
"Twenty-Nine"
"Soundtrack"
"Sex-Idol"

Eric Russell — no geral acústico (épicos & baladas)
Nicholas Beauvy — em geral baladas
Jesse Philips — canções estilo Philips
Robbins — no geral rocks, piano

THE 42ND ST. BAND PERFORMANCE

SEA & LAND

Pratt — baladas, rocks (não tão pesados)
Buck — trabalho de teclado

ALLAN REEVES:
Allan Reeves
Seasons

também:
Summer Stories
Performance
Live/Long Beach

título por checar:
Remembrance of Things Past

RUSSELL

"Hollywood Star" 10
"Dance Marathon" 10
"Road Luncheonette" 7
"William Corbet" 10
"James Dean" 4
"Algiers" 3
"Within You Without You" 5
+ material novo: "Twenty-Nine" 9

para álbum acústico:
"Harry's House" — peça central
sobras de *Eastern Winds*
"Shadows & Light"
"The Jungle Line"

CANÇÕES PARA UM ÁLBUM GÓTICO

"Tubular Bells", intro (orquestrada)
"Tubular Bells", tema com violão e órgão (orquestrada)
"Caveman Song" (sequências) (orquestrada)
"Tubular Bells" (tema com violão/orquestra)
"In an Old Village Town" (vocais suaves + violão, piano, cítara) — compasso mais lento
"There's a Doctor I've Found" (orquestra)
"Overture" (do Tommy — orquestra)
"Ladies of the Coast" (sem metais; com violão solo; menos funkeada e mais gótica)

"Ace of Wands" (violenta; mais melódica)
"Hergest Ridge" (intro — lado A)
"Hergest Ridge" (final — lado B sem final)
"Tubular Bells" (intro)
"Tubular Bells — sequência cavaleiresca
"Chorale 3rd Bride" (sem sequência no meio)
"Hell" (sem vocais operísticos de soprano)
"Rape, Pillage & Clap" ($^2/_3$s dela)
"Red" (mais gótica — sequência central forte)
"Fallen Angel" (bela intro, mais gótica, outro ritmo de bateria)
"Talking Drum" (mais violenta? impossível!)

UMA CANÇÃO DO ÁLBUM GÓTICO: "FALLEN ANGEL"

(Eric Russell/Nicholas Beauvy/John Robbins/Jeff Pratt/Jon Buck/ Jesse Philips) 7:42

JEFF PRATT — violão, guitarra (base), vocais
NICHOLAS BEAUVY — guitarra, violão, vocais
ERIC RUSSELL — violão, baixo, vocais
JOHN ROBBINS — sintetizadores, vocais, trompete, percussão, saxofone, trombone
JESSE PHILIPS — viola, bateria, percussão, vocais
JON BUCK — moog, órgão, guitarra, trompete, vocais, saxofone, trombone
CARL PALMER — James — clarineta

GRAVAM COMO SE FOSSE UM MUSICAL DE ROCK AO VIVO
PRIMEIRA APRESENTAÇÃO — SHOW NORMAL
SEGUNDA APRESENTAÇÃO — NOVAS CANÇÕES (NUM ÁLBUM AO VIVO) & ASTROS CONVIDADOS (FORA DO ÁLBUM)

"You Can't Always Get What You Want"
"Walking in Space" — num álbum de 2ª linha (Boulogne-sur-Mer)
"Monkey Man"
"Can You Hear Me Knocking"
"Knocking on Heaven's Door" (Philips)
"Jumpin Jack Flash"
"Honky Tonk Women"
"Ruby Tuesday" — set up elisabetano — (Russell/Buck/Philips/Robbins)
"Renaissance Minstrels"

LISTA DE FAIXAS DOS ÁLBUNS DA 42ND ST. BAND
(JULHO DE 1974-FEVEREIRO DE 1977)

Jeff Beck
Mick Taylor
Eric Russell
Allan Reeves
Jesse Philips

THE 42ND ST. BAND

A

"Rocking Chair"
(Jeff Beck/Mick Taylor/Allan Reeves) 4:32
"Ain't Got No Home in this World Anymore"
(Tradicional. Arranjo de Mick Taylor/Eric Russell/Jesse Philips, letra adicional de Eric Russell) 4:52
"Cardboard Blues"
(Jeff Beck/Mick Taylor) 6:21
"Wild Love"
(The 42nd St. Band) 3:19
"Down by the Railroad Track"
(Mick Taylor/Eric Russell/Jesse Philips) 4:03
"Cinema Show"
(Bruce Springsteen) 8:42

B

"Celebrity"
(The 42nd St. Band) 5:43
"High Heeled Sneakers"

(Tradicional. Arranjada por Mick Taylor/Eric Russell/Jesse Philips) 3:17
"Nothing Was Delivered"
(Jeff Beck/Mick Taylor) 7:42
"Sunflower"
(Mick Taylor) 4:52
"Country Folk Blues"
(Mick Taylor/Eric Russell) 2:16
"Texas Rambler"
(Jesse Philips) 3:29
"Rocks and Gravel"
(Jeff Beck) 4:57

BACK TO LONDON
A
"Too Much of Nothing"
(Mick Taylor/Eric Russell) 1:16
"Back to London"
(Jeff Beck/Mick Taylor/Allan Reeves) 5:17
"Rain and Early Wind"
(Eric Russell/Jesse Philips) 4:27
"Eastbridge End"
(Mick Taylor/Eric Russell/Allan Reeves/Jesse Philips) 3:49
"Scottish Tea"
(Jesse Philips) 2:11
"Easy Listening Blues"
(Jeff Beck/Mick Taylor) 6:23
"Under the Willow"
(Mick Taylor/Alan Reeves) 4:02
"Winter Song"
(Mick Taylor) 4:56

B

"The Immigrant Lad"
(Eric Russell/Jesse Philips) 7:56
"Mellow"
(Mick Taylor/Eric Russell) 5:26
"Stone Edge"
(Jeff Beck/Mick Taylor) 5:19
"Too Many Mornings"
(Mick Taylor/Eric Russell/Allan Reeves) 4:34
"Countryside Inn"
(Eric Russell) 7:52

C

"Blind Fiddler"
(Tradicional. Arranjada por Mick Taylor/Eric Russell/Allan Reeves/Jesse Philips) 4:58
"Be My Friend"
(Allan Reeves) 3:17
"Loading Coal"
(Mick Taylor/Eric Russell/Jesse Philips) 6:51
"The Drive"
(Jesse Philips) 2:55
"Beneath the Carpet"
(Allan Reeves) 4:42
"Second Truth"
(Jeff Beck) 7:51
"For What It's Worth"
(Mick Taylor) 2:57

D

"Stained-Glass Window"
(Allan Reeves) 2:51

"Dusk"
(Eric Russell) 4:52
"The Ballad of the Northwood Knight"
(Eric Russell/Jesse Philips) 7:54
"St. Philip's Friend"
(Jesse Philips) 2:17
"East End Blues"
(Jeff Beck/Mick Taylor) 7:26
"Too Much of Nothing"
(Mick Taylor/Eric Russell) 7:10

MORNING BLUES

A
"Wild Mountain"
(Mick Taylor/Eric Russell) 4:21
"Backwater Blues"
(Jeff Beck/Mick Taylor) 6:02
"Cocaine"
(Mick Taylor/Eric Russell) 9:57
"Early Morning in Third Avenue"
(Allan Reeves) 10:42

B
"Wooden Nickle"
(Jesse Philips) 4:16
"Country Boy"
(Eric Russell/Nicholas Beauvy) 4:52
"Jesse James"
(Eric Russell) 10:52
"Mary Ann"
(Mick Taylor) 7:36

"All is One"
(Jeff Beck) 4:22

THE 42ND ST. BAND LIVE
FAIXAS GRAVADAS
"Inside Looking Out"
(Jeff Beck/Mick Taylor) 8:22
"Play My Game (Even if You Don't Want to)"
(Jeff Beck) 5:22
"New Orleans Rag"
(Allan Reeves) 3:26
"Glass Diamonds"
(Eric Russell) 7:14
"Morning Blues"
(Mick Taylor/Eric Russell) 7:53
"This is Just to Say"
(Eric Russell/Jesse Philips) 4:26
"Daisy Hawkins"
(Allan Reeves) 5:56
"Wooden Nickle"
(Jesse Philips) 4:43
"Chelsea Road"
(Mick Taylor/Eric Russell/Jesse Philips) 5:53
"Lipstick"
(The 42nd St. Band) 5:58
"Backwater Blues"
(Jeff Beck/Mick Taylor) 9:17
"Cocaine"
(Mick Taylor/Eric Russell) 10:29
"Mary Ann"

(Mick Taylor) 8:10
"Cinema Show"
(Bruce Springsteen) 12:34
"Nothing Was Delivered"
(Jeff Beck/Mick Taylor) 7:38
"Mellow"
(Mick Taylor/Eric Russell) 6:02
"Stone Edge"
(Jeff Beck) 9:37
"Second Truth"
(Jeff Beck) 10:32
"East End Blues"
(Jeff Beck/Mick Taylor) 14:21
"Cardboard Blues"
(Jeff Beck/Mick Taylor) 7:02
"Rocks and Gravel"
(Jeff Beck) 5:20

SET ACÚSTICO
"Down by the Railroad Track"
(Mick Taylor/Eric Russell/Jesse Philips) 4:15
"Texas Rambler"
(Jesse Philips) 3:32
"Under the Willow"
(Mick Taylor/Allan Reeves) 4:18
"Winter Song"
(Mick Taylor) 5:17
"The Ballad of the Northwood Knight"
(Eric Russell/Jesse Philips) 7:55
"Jesse James"

(Eric Russell) 11:43
"Country Boy"
(Eric Russell/Nicholas Beauvy) 4:57
"Stained-Glass Window"
(Allan Reeves) 4:10
"Sunflower"
(Mick Taylor) 5:09
"Wild Love"
(The 42nd St. Band) 4:19

Era necessário fazer uma seleção dessas trinta e uma faixas gravadas para lançar como um álbum duplo, mas graças à decisão de Beck de sair da banda e da sua decisão posterior de não permitir o lançamento de faixa alguma com sua participação, nenhuma foi lançada comercialmente, embora algumas delas tenham sido lançadas em álbuns de *bootleg*.

ERIC RUSSELL & NICHOLAS BEAUVY

"Down by the River"/"Country Farmer's Son" — "Old Folks" — "Country Blues" — "Let Me Die in Your Footsteps" — "Throw That Minstrel Boy a Coin" — "The Bird Song" — "Bound to Fall" — "I Am a Pilgrim" — "New Orleans Rag" — "Love Song" — "Build My Gallows High" — "Country Boy" — "Close the Door Lightly (When You Go)" — "Hayseed" — "Soldier Boy" — "Jesse James" — "Chestnut Mare" — "Blue Eyes" — "Lonesome Whistle" — "Railroad Blues" — "Wildwood Flower" — "Just Because I've Fallen" — "Ballad in Plain D" — "The Blonde Girl in the Blue Jeans" — "The Card Game" — "On the Bettleground" — "Hard Times" — "(I'll Follow That) Southern Star".

LISTA DE SINGLES

THE 42ND ST. BAND "Sunflower"/"Play My Game"
"Celebrity"/"Inside Looking Out"

BACK TO LONDON • "Lipstick"/"Daisy Hawkins"
• "Chelsea Road"/"Greenwood Side"
"Winter Song"/"Drive My Car"

MORNING BLUES "Country Boy"/"Wooden Nickle"
(versão blues)

LIVE WITH FRIENDS "Old Paint"/"Maybe I Still Love You"

SOUTHERN STAR "Texas Rambler"
"Who Cares About Tomorrow?"/
"Seagull"
"You Make Me Believe"/
"New Orleans Rag"
"(I'll Follow That) Southern Star"/
"Close The Door Lightly
(When You Go)"

STRAWBERRY WINE "We Made It"/"Far Away"
• "Going Steady"/"Country Rag"
• "Where The Boys Are"/
"Take Me Home"

1870	"The Fire Engine"/"The Swan Boat"
EASTERN WINDS	• •
COUNTRY JAM	"American Made"/"Paper of Pins" "Sunday Morning"/ "Orange Blossom Special"
UNFINISHED FOLK SONG	"Bar Room Blues"/ • / • /
BACK TO L.A.	• / • ["Kimberly"/"A Strange Boy"]*
SURFER	• / "If You Weren't Fourteen"/ • /
PACIFIC TERRACE CENTER	"You Made Me Wonder"/ "Twist & Shout" "Free Again"/ "Meet Me in the Bottom"
SUMMER SONGS	• [ ]* "Silken Dancer"/
12 SUMMER STORIES	• 5/ • 4/

THE FOOL	"Television"/
	• 5/
PERFORMANCE	"More"/
	• 5/
MORE	
THE HOT ROCK/	"Aloha"
	"Smile"
JILLIAN/	"The Oahu Rag"
	"Acrylic on Canvas"
	"For One Another"
WILD SONG	"All Summer Long"
	"Leftovers"

LISTA DE MÚSICAS

"Step Right In"
"Something You've Got"
"St. Louis Blues"
"Wheatleigh Hall"
"Rails"
"Spring Can Really Hang You Up the Most"
"Exactly Like You"
"Sweet Rain"
"In Your Own Sweet Way"
"Stompin' at the Savoy"
"Air Mail Special"
"Flying Home"
"Stompy Jones"
"East St. Louis"
"Mellow"
"Celebrity"
"Laid Bird"
"Old Folks"
"Cardboard"
"Blues"
"Star Eyes"
"They Can't Take That Away From Me"
"Rockin' Chair"
"Walkin'"

"Undecided"
"I'm Coming Home"
"Someday You'll Be Sorry"
"Can't We Be Friends"
"You Turned the Tables On Me"
"Nobody Knows the Trouble I've Seen"
"We'll Be Together Again"
"Do Nothing Till You Hear From Me"
"I've Got a Right to Sing the Blues"
"Home"
"Just One of Those Things"
"I Can't Give You Anything But Love"
"Easy Listening Blues"
"You Look Good to Me"
"'Round Midnight"
"New Orleans Rag"
"Southbound Train Going Down"
"Down by the River"
"Ohio Wooden Nickle"
"Ain't Got No Home in This World Anymore"
"Constant Sorrow"
"Nothing Was Delivered"
"Living the Blues"
"Hard Time in New York City"
"In the Evening, When the Sun Goes Down"
"Who You Really Are"
"Quit Your Low Down Ways"
"Lonesome Whistle Blues"
"Rocks & Gravel"
"Baby Please Don't Go"

"East Virginia Blues"
"Let Me Die in Your Footsteps"
"Walking Down the Line"
"Throw that Minstrel Boy a Coin"
"Wild Thing"
"Drivin' South"
"Time Keeps Movin' On"
"Night Time"
"When Love is Gone"
"Downriver"
"Be My Friend"
"Scottish Tea"
"St. Philip's Friend"
"Knock on Wood"
"Same Old Thing"
"Lipstick"
"High Heeled Sneakers"
"Sometime in the Morning"
"No Easy Way Down"
"I Don't Think You Know Me"
"What Can You Do When You're Lonely"
"Dusty Box Car Wall"
"Time for My Returning"
"Never Coming Home"
"That's Alright, Mama"
"Thirsty Boots"
"'Cross Your Mind"
"I Shall Go Unbounded"
"You've Been Cheating"
"Blind Fiddler"

"Close the Door Lightly (When You Go)"
"And Old Song"
"So Hard to Fall"
"Good to Be With You"
"For What Was Gained"
"Blue Feeling"
"Baby Let Me Take You Home"
"Right Time"
"How You've Changed"
"Bring It On Home to Me"
"Gin House Blues"
"What I'm Living for"
"Smoke Stack Lightning"
"Louisiana Blues"
"Going Down Slow"
"That's All I Am to You"
"Don't Bring Me Down"
"Winds of Change"
"No Self-Pity"
"All is One"
"The Immigrant Lad"
"There Won't Be No Running Back"
"Take Me Back"
"Hurt So Bad"
"River Path"
"Don't Tie Me Down"
"Don't Blame It on Me"
"Silver Dagger"
"East Virginia"
"All My Trials"

"Wildwood Flower"
"Wagoner's Lad"
"Lily of the West"
"Lonesome Road"
"Railroad Boy"
"Babe, I'm Gonna Leave You"
"Greenwood Side"
"Annabelle Lee"
"North Country Blues"
"You Ain't Going Nowhere"
"Gee Baby Ain't I Good to You"
"Five Long Years"
"Summertime Blues"
"Wind Chimes"
"School Day"
"Down Bound Train"
"Low Ceiling"
"Down the Road a Piece"
"Driftin' the Blues"
"All Through the Night"
"Country Farmer's Son"
"Early One Morning"
"Evening On the River"
"Morning Song"
"Song of the Seagull"
"Winter's Past"
"Cumberland Gap"
"Way Out West"
"Home on the Range"
"No Expectations"

"Prodigal Son"
"Morning Star"
"Land of the River Birch"
"Old Paint"
"The Card Game"
"Ball & Chain"
"Midnight Through Morning"
"Back Door Man"
"Jelly Roll"
"Backwater Blues"
"Goin' Down This Road"
"Southbound Train"
"You Make Me Feel So Good"
"Love Ain't Enough"
"Don't You Care"
"And Our Love"
"Inside Looking Out"
"Just Because I've Fallen Down"
"For What It's Worth"
"Hot Dusty Roads"
"Little Maggie"
"Morning Blues"
"Rock Island Line"
"I Heard That Lonesome Whistle"
"Country Boy"
"Doin' My Time"
"Big River"
"Wide Open Road"
"Loading Coal"
"The Drive"
"Will Colonial Boy"

SOBRAS & NOVAS CANÇÕES

"Dear Prudence" (*Pratt/Philips*)
"Martha My Dear" (*Pratt/Robbins*)
"Honey Pie" (*Russell/Buck*)
"Cry Baby Cry" (*Robbins*)
"Memory Motel" (*Robbins*)
"Book of Rules/Guava Jelly" (*Beauvy/Russell/Philips*)
"High & Dry" (*Beauvy/Russell/Philips*)
"For Your Life/In My Time of Dying" (*Robbins/Pratt/Beauvy*)
"Lighthouse" (*Beauvy/Pratt*)
"Lend Your Love to Me Tonight" (*Robbins*)
"Jack Rabbit" (*Philips*)
"Hergest Ridge"/abertura do lado A (*Buck*)
peça vocal (*trad./arr. 42nd St. Band*)
"Naked in the Rain" (*Beauvy/Pratt*)
"Tangled up in Blue" (*Russell*)
"Simple Twist of Fate" (*Beauvy*)
"American Tune" (*Beauvy/Russell*)
"Love" (*Buck*)
canção com intro de violão de "Old Brown Shoe" (*Philips/Russell*)
"Venus & Mars" (*Pratt*)
"Ram On" (*Philips*)
"One More Kiss" (*Russell/Beauvy/Philips*)
"Hold Me Tight" (*Robbins*)
"Hands of Love" (*Beauvy/Russell/Pratt*)
"Sunshine Life for Me" (*Philips*)

"Hold On" (*Robbins/Buck/Pratt*)
"Rain On the Roof" (*Russell/Pratt*)
"Levon" (*Buck*)
"Daniel" (*Beauvy/Russell/Pratt/Buck*)
"Dixie Lily" (*Philips/Russell*)
"The Surfer's Song" (*Beauvy/Russell*)
"Marianne's Song" (*Nicholas Beauvy*)
"Twenty-Nine" (*Eric Russell*)
"Give Peace a Chance" (*The 42nd St. Band*)
"Knocking on Heaven's Door" (*Pratt/Philips*)
"Factory Girl" (*Philips*)
"Within You, Without You" (*Russell*)
"No Expectations" (*Russell*)
"Prodigal Son" (*Beauvy/Robbins*)
"Gold & Silver" (*Russell/Beauvy*)*
"The Railroad" (*Russell/Beauvy/Philips*)*
"The Ballad of William Corbet, stage robber" (*Russell*)*
"Paper of Pins" (*trad.*)
"Roy Rogers" (*Beauvy*)

THE FOOL

A

"You Make Me Wonder" (*Beauvy/Pratt/Buck*)
"No Way Out" (*Pratt/Robbins*)
"Friends" (*Russell*)
"Down the Highway" (*Russell/Beauvy/Philips/Buck*) **FORA**
"This is Only the Beginning" (*Russell/Philips/Buck*) **FORA**
"Bluebird" (*Beauvy*)
"The Fool" (*Russell/Beauvy*)

* de *1870*.

B

"Meet Me Anytime You Want (Mailbox Blues)" (*Robbins*)
"Skateboard Blues" (*Pratt*) **FORA**
"I'm Not the One" (*Russell/Beauvy/Pratt/Philips*)
"The Hill" (*Pratt/Robbins*)
"Donna" (*Philips*) **FORA**
"Still a Child" (*Buck*) **FORA**
"Free Again" (*Philips/Buck*)
"California Rag" (*a banda*) **FORA**
"Ramble On" (*Philips*)
"Bitch" (*Robbins/Buck*)
"All Down the Line" (*Pratt/Robbins/Buck*)
"Rocks Off" (*Beauvy/Russell/Philip*)
"Hip-Shake" (*Philips*)
"Sweet Virginia" (*Russell/Beauvy/Philips*)
"Brown Sugar" (*Buck/Robbins*)
"Sway" (*Pratt/Robbins*)
"Silver Train" (*Beauvy/Pratt/Robbins*)
"(Don't Leave Me So) Black & Blue" (*Robbins/Pratt*)
"Raspberry Jam" (*Robbins*)
"You Shook Me" (*trad.*)*
"Crossroads" (*?*)
"Come Down in Time" (*Buck*)
"Rock On (& Keep on Dancing)" (*the 42nd St. Band*)
"Midnight Rambler" (*Jagger/Richard*)
"You Know I'm the One You Want" (*Robbins*)
"You'll Never Know" (*Beauvy/Robbins/Philips*)
"Black Angel" (*Russell/Philips*)

* "I Never Really Felt That Way"

SOBRAS:

THE 42ND ST. BAND
"New Orleans Rag" (*Reeves*)
"Inside Looking Out" (*Beck/Taylor*)
"Back to London"
"This Is Just to Say" (*Russell*)
"Glass Diamonds" (*Taylor/Russell*)
"Daisy Hawkins" (*Reeves*)
"Greenwood Side" (*Philips*)
"Lipstick"
"Chelsea Road"
"Morning Blues" (*Russell/Taylor*)
"Wooden Nickle" (versão blues) (*Philips*)
"Let Me Die in Your Footsteps" (*Russell*)
"Close the Door Lightly (When You Go)" (*Bob Dylan*)

ERIC RUSSELL/NICHOLAS BEAUVY
"Hayseed"
"Bound to Fall" (*Stephen Stills*)

MORNING BLUES até **STRAWBERRY WINE**
"Railroad Blues"
"I Am a Pilgrim"
"Seagull" (*Taylor*)
"America" (*Paul Simon*)
"Ventilator Blues" (*Jagger/Richard/Taylor*)
"Still Feeling Blue" (*Gram Parsons*)
"Streets of Baltimore" (*Glaser/Howard*)
"You're Not the Same Anymore"

"Old Folks"
"Time Won't Wait for Me"
"When"
"For You & Me"
"I'd Hate to See You Go"
"Maybe You're Right"
"Life — Furrows"
uma canção sobre James Dean*
uma canção sobre um aspirante a astro de Hollywood*
uma canção sobre a maratona de dança*
uma canção sobre uma lanchonete de beira de estrada*
"Falling"

SOUTHERN STAR
"Wild Horses, partes I & II" (*Jagger/Richard*)
"Easy Living" (*Beck*)
"Going Down This Road" (*Beck*)
"Smokestack Lightning" (*Beck*)

EASTERN WINDS
"Winter" (*Taylor*)
"Algiers" (*Russell*)
"Within You, Without You" (*Russell*)

UNFINISHED FOLK SONG até **BACK TO L.A.**
"Sweet Little Sixteen" (*Berry*)

* sobras de *Strawberry Wine*.

PHOTOGRAPH
"Meet Me in the Bottom" (*trad.*)
"String Man" (*Philips/Gilliam*)
"Safe in My Garden" (*Philips*)

SURFER
"San Francisco" (*Beauvy*)
"Pure Juice" (*Russell/Beauvy/Pratt*)

1870
"Introduction"
"A Paddle-Boating Party"
"The Fire Engine"
"The Soda Fountain"
"On the Afterdeck"
"Parlor Duet"
"Steamboats at the Levee"
"Lumber-Camp String Trio"
"Northfield Souvenir Card"
"The Frontier"
uma canção sobre índios
"The Blacksmith"
"The Dime Show"
"Family Portrait"
"A Victorian House"
"Photograph"
Para uma lista completa, ver 42nd St. Band — documentos.
"Teacher I Need You" (*Robbins/Pratt/Philips*)
"Blues for My Baby & Me" (*Beauvy*)
"This is That" (*The 42nd St. Band*)

AS TURNÊS DA 42ND ST. BAND PELO MUNDO

DATAS DAS PRINCIPAIS TURNÊS

Setembro de 1975, 1ª turnê
Grã-Bretanha: Londres, Liverpool, Manchester, Middlesbrough, Glasgow, Cardiff, Swansea, Leeds, Sheffield

Abril de 1976, 2ª turnê
Grã-Bretanha: Edimburgo, Nottingham, Newcastle, Birmingham

Novembro de 1976, 3ª turnê
EUA: Los Angeles, São Francisco, Chicago, Detroit, Cleveland,

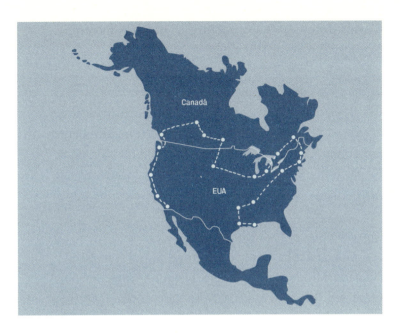

Junho e julho de 1977, 4ª turnê
Grã-Bretanha e EUA: Los Angeles, São Francisco, Houston, Minneapolis, Chicago, Mênfis, Miami, Columbus, Detroit, Cleveland, Raleigh, Richmond, Filadélfia, Boston, Nova York, Londres, Manchester

Janeiro a abril de 1979, 5ª turnê
EUA: Los Angeles, São Francisco, San Diego, Portland, Seattle, Salt Lake City, Phoenix, Denver, Wichita, Tulsa, Houston, Fort Worth, Nova Orleans, Jackson, Little Rock, Springfield, Omaha, St. Paul, Madison, Chicago, Mênfis, Nashville, Tampa, Montgomery, Atlanta, Louisville, Fort Wayne, Detroit, Cincinnati, Huntington, Columbia, Charlotte, Richmond, Baltimore, Washington D.C., Pittsburgh, Filadélfia, Buffalo, Nova York, Bridgeport, Providence, Concord, Portland, Pittsfield, Boston

Canadá: Toronto, Ottawa, Montreal, Quebec, Vancouver, Calgary, Edmonton, Winnipeg

Janeiro e fevereiro de 1980, 6ª turnê
Grã-Bretanha e Europa: Londres, Birmingham, Manchester, Liverpool, Glasgow, Edimburgo, Cardiff, Newcastle, Bergen, Estocolmo, Copenhague, Hamburgo, Frankfurt, Munique, Viena, Roma, Milão, Zurique, Madri, Paris, Lyon, Bruxelas, Haia, Amsterdam

Novembro e dezembro de 1981, 7ª turnê
EUA, Grã-Bretanha, Europa: Los Angeles, San Francisco, Houston, Minneapolis, Chicago, Miami, Atlanta, Detroit, Cleveland, Boston, Filadélfia, Nova York, Londres, Birmingham, Manchester, Estocolmo, Frankfurt, Roma, Paris, Amsterdam. Canadá: Toronto, Montreal, Ottawa

Dezembro de 1983 a fevereiro de 1984, 8ª turnê
EUA: shows nas mesmas cidades da quinta turnê
(Essa turnê se estendeu até fevereiro)

Setembro e outubro de 1984, 9ª turnê
EUA: Califórnia, Los Angeles, Long Beach, Anaheim, Santa Ana, San Diego, Nova York,* Riverside, San Bernardino, Santa Bárbara, Fresno, Santa Mônica, Torrance, Lakewood, Glendale, Pasadena, San Mateo, Berkeley, Richmond, San Jose, Oakland, Sacramento, São Francisco
(Essa turnê se estendeu até outubro)*

* Inclui quatro shows marcados no Madison Square Garden, em Nova York, sete shows realizados.

Janeiro a março de 1985, 10ª turnê EUA: *shows nas mesmas cidades da quinta e da oitava turnês.*

Janeiro e fevereiro de 1986, 11ª turnê
Grã-Bretanha (todos os shows foram cancelados) e Europa: Oslo, Bergen, Estocolmo, Gotemburgo, Malmö, Helsinque, Copenhague, Hamburgo, Bremen, Hannover, Frankfurt, Mannheim, Munique, Viena, Roma, Veneza, Milão, Turim, Nápoles, Berna, Zurique, Madri, Barcelona, Paris, Lyon, Nice, Marselha, Bordeaux, Le Havre, Bruxelas, Antuérpia, Haia, Roterdam, Amsterdam, Utrecht

PRINCIPAIS CIDADES VISITADAS

EUA — CALIFÓRNIA: Los Angeles, Long Beach, Anaheim, Santa Ana, San Diego, Riverside, San Bernardino, Santa Bárbara, Fresno, San Jose, Oakland, São Francisco, Sacramento/ Oregon: Portland / Washington: Seattle / Montana: Billings / Idaho: Boise / Utah: Salt Lake City / Arizona: Phoenix, Tucson / Novo México: Albuquerque / Colorado: Denver / Nebraska: Lincoln / Kansas: Wichita, Topeka / Oklahoma: Tulsa, Oklahoma City / Texas: Houston, Fort Worth, San Antonio, Dallas / Louisiana: Shreveport, New Orleans / Mississippi: Jackson / Arkansas: Little Rock / Missouri: Kansas City, Springfield / Iowa: Des Moines, Omaha / Minnesota: Minneapolis, St. Paul / Wisconsin: Madison, Milwaukee / Illinois: St. Louis, Chicago / Tennessee: Mênfis, Nashville / Alabama: Montgomery, Birmingham / Flórida: Tampa, Miami / Geórgia: Atlanta, Columbus, Macon / Kentucky: Louisville / Indiana: Indianápolis, Fort Wayne / Michigan: Grand Rapids, Detroit / Ohio: Cincinnati, Dayton, Columbus, Toledo, Cleveland, Akron / Virgínia Ocidental: Charleston, Huntington / Carolina do Sul: Columbia / Carolina do Norte: Charlotte, Winston/Salem, Raleigh / Virgínia: Richmond, Norfolk / Maryland: Baltimore / Washington D.C. / Filadélfia / Pensilvânia, Pittsburgh, Reading / Nova Jersey, Newark / Nova York: Rochester, Albany, Buffalo, Nova York / Conn, Stanford, Bridgeport, Hartford / Rhode Island: Providence / Mass: Pittsfield, Springfield, Boston / New Hampshire: Manchester, Concord / Vermont: Burlington / Maine: Portland

AMÉRICAS: Canadá: Vancouver, Calgary, Edmonton, Winnipeg, Toronto, Ottawa, Montreal, Quebec / Brasil: Rio de Janeiro, Belo Horizonte, São Paulo, Curitiba, Porto Alegre, Recife / Argentina: Buenos Aires

EUROPA: Grã-Bretanha: Londres, Birmingham, Liverpool, Manchester, Newcastle, Middlesbrough, Edimburgo, Glasgow, Cardiff, Swansea, Leeds, Sheffield, Nottingham / Noruega: Oslo, Bergen / Suécia: Estocolmo, Gotemburgo, Malmö / Finlândia: Helsinque / Dinamarca: Copenhague / Alemanha Ocidental: Hamburgo, Bremen, Hannover, Frankfurt, Mannheim, Munique / Áustria: Viena / Itália: Roma, Veneza, Milão, Turim, Nápoles / Suíça: Berna, Zurique / Espanha: Madri, Barcelona / França: Paris, Lyon, Nice, Marselha, Bordeaux, Le Havre / Bélgica: Bruxelas, Antuérpia / Holanda: Haia, Roterdam, Amsterdam, Utrecht

JAPÃO: Tóquio, Yokohama, Osaka, Kobe, Quito, Nagoia

OBRAS COMPLETAS DE ERIC RUSSELL (1960-2000)

OBRAS DE FICÇÃO
Icaro (Ícaro, publicado em 1967)
Apolo il Davnæ (Apolo e Dafne, primeiramente publicado na França, em 1968)
Des Taverne (O Taberneiro, publicado em Londres, em 1974, e em Nova York, em 1977)
Calais (inédito em inglês e francês)
Des labore estorie av Eric Russell (As obras ficcionais de Eric Russell, ainda sem tradução)
Poèmes (Poemas, publicado em Londres, em 1980)

FILOSOFIA
Ars Cogite (A arte de pensar, publicado em Estocolmo, em 1969)
Mitologes av Termouxes (A mitologia do medo, publicado em Oslo, em 1972)
Estoræ au Musica Eletrica il Rock, Tøme One (Uma história da música elétrica/Origens do rock, publicado em 1980)
Dejás Sond Quoit Cogite Ed (Sonhos sem sentido, publicado em Londres, em 1981)
Estorae au Musica, Tøme Deux, Tres, Quatre, Cinq (publicado em Londres, em 1998)
Das End av Cogite (O fim do pensamento, publicado em São Francisco, em 1998)
Fim da vida (publicado em Ottawa, em 1999)
Poeme Compledene (Poesia completa, ainda inédito em inglês e francês)

SONHOS SEM SENTIDO
Texto de Eric Russell

Déjas sond quoit cogite ed

Andra ulsen onbgäst ed auørne, sadleesten bornem ad one falsdatte amne. Quoit undrea, mosdem ulegene forma a eleatresom. Andras andræ amne, ideas oniræm, quas fait oniræ alle. Surges surgit: about termouxes edørne it ed adest cedanteno adele mon tarsenas, martirem ed mordeas al bataile den déjas. Il ed déjas — quoi ed? Déjas, desiræm (amnøste sajva fordjem taasde) desirojam for milem and troix des oniræm. Subito ordenas ave noma summe undes allørnem. Befoures knight-aide sond quoit bataile ave senses — martirem andras déjas, ulsen andra déjas ordena il tremouxes fait oniræ nachte. Derdrie omnes ilsende foscedømine summe summa iliadeas: andra ulsen bornem ad il surgit one? Déjas, desiræm ad sesde des oniræm. Et quoit des oniræm esd — andræ fait oniræ masdøne essence. Ede essence ave déjas; ave bataile omne termouxes av løve.
28 set. 1981
Sob Libra

Para a tradução, conferir: Russell, Eric, *Sonhos sem sentido* (*Déjas sond quoit cogite ed*). Londres: Ramdon House Press, 1981, p. 248.

CINEMA

UM LANÇAMENTO SUNFLOWER EXPERIMENTAL

FRIENDS FOR THE SUMMER

TRILHA SONORA ORIGINAL

CANÇÕES:
"MR. TAMBOURINE MAN", "LIKE A ROLLING STONE" — BOB DYLAN (1) "WE CAN WORK IT OUT", "DRIVE MY CAR", "IN MY LIFE" — BEATLES (2) "TURN, TURN, TURN", "EIGHT MILES HIGH", "MR. TAMBOURINE MAN" — BYRDS (1) "GOD ONLY KNOWS", "DON'T TALK (PUT YOUR HEAD ON MY SHOULDER)", "GOOD VIBRATIONS" — THE BEACH BOYS (6) "THE FISH CHEER", "FEELS-LIKE-I'M-FIXIN-TO-DIE-RAG", "COUNTRY" — JOE AND THE FISH (4) "MORTGAGE ON YOUR SOUL", "GLORYELL" — LARRY CORYELL/PHILIP CATHERINE (4) "HELLO I LOVE YOU" — DOORS (3) "STAR SPANGLED BANNER" — JIMI HENDRIX (5) "FEELIN' GROOVY", "HIGH COIN" — HARPERS BIZARRE (5) "BALL & CHAIN" — JANIS JOPLIN/FULL TILT BOOGIE BAND (1) "D.C.B.A.-25", "TODAY", "COMIN' BACK TO ME", "HOW DO YOU FEEL", "WHITE RABBIT" — JEFFERSON AIRPLANE (7) "SAFE IN MY GARDEN", "STRING MAN", "GOT A FEELIN'" — MAMAS & THE PAPAS (9) "ALL SOLD OUT", "LOVE IN VAIN", "NO EXPECTATIONS", "I DON'T KNOW WHY I LOVE YOU", "KATHY'S SONG" — SIMON & GARFUNKEL (1) "FRIENDS FOR THE SUMMER" — REEVES, RUSSELL & PHILIPS (10) "A SONG FOR YOU" — GRAM PARSONS (5) "FRIENDS FOR THE SUMMER" — REEVES, RUSSELL, BEAUVY, TAYLOR (10) & PHILIPS (MÚSICA INCIDENTAL E DE FUNDO)

SUPERVISÃO MUSICAL: ERIC RUSSELL E DAVID PARSONS
OS ARTISTAS APARECEM COM A GENTIL PERMISSÃO DE: (1) CBS RECORDS (2) EMI INTERNATIONAL/APPLE RECORDS (3) WARNERS/ASYLUM/ELEKTRA — WEA (4) ATLANTIC RECORDS (ATCO) (5) WARNERS/REPRISE (6) CAPITOL RECORDS (7) RCA RECORDS (8) DECCA/LONDON (EMI ASSOCIATES) (9) DUNHILL RECORDS (10) SUNFLOWER RECORDS

©1976 SUNFLOWER EXPERIMENTAL

SOUTHERN STAR

NICHOLAS BEAUVY. OLIVER CHRISTIANN. HERB GATLIN. LEE MONTGOMERY. JODIE FOSTER. TATUM O'NEAL. MARIEL HEMINGWAY. CHRISTY MCNICHOLS. RYAN O'NEAL. DAVID DOREMUS. JILL CLAYBURGH. ALAN BATES. JEFF BRIDGES. GWEN WELLES. TIMOTHY BOTTOMS. SAM BOTTOMS. MARGOT KIDDER. ELLEN BURSTYN.

ROBERT LE COCQ. RICHARD GERE. JAN MICHAEL VINCENT. VALERIE HARPER. LINDA MANZ. SALLY FIELDS. MARGAUX HEMINGWAY. LINDA RONSTADT. MARIA MULDAUR.

ALÉM DE UM ELENCO DE MILHARES E MAIS ALGUNS CONVIDADOS ESPECIAIS.

© 1978 SUNFLOWER FILMS

DOWN THE RIVER

NICHOLAS BEAUVY
HERB GATLIN
ERIC SHEA
MARIEL HEMINGWAY

GÉRARD DEPARDIEU, NASTASSJA KINSKI, GENE CARRIER, JULIE CHRISTIE, MICHAEL BRANDON, SIGOURNEY WEAVER, JON VOIGHT, WARREN BEATTY, JOHN OATES, HIRAM KELLER.

© 1981 SUNFLOWER EXPERIMENTAL

VOCÊ ESTÁ CONVIDADO PARA A PREMIÈRE DO FILME DE ERIC RUSSELL
UMA ADAPTAÇÃO DA OBRA DE ALDOUS HUXLEY
ADMIRÁVEL MUNDO NOVO
SÁBADO, 21HS, 12 DE MARÇO.
52ND STREET, 128, APARTAMENTO 42, NOVA YORK.
ESTEJA LÁ! HÁ HÁ HÁ,
VOCÊ VAI AMAR
(Ou odiar)
AH, CARA.

STUDIO ONE
apresenta uma antologia de filmes de

ERICO RUSSO

começando segunda-feira, 12 de abril, às 21hs

12/4 curtas:	The Andradianas, Somebody to Love e Inocência (longa subjetiva)
13/4 curtas:	The Sabianas, Vamos fazer um filme e: O triste fim de Policarpo Quaresma (longa subjetiva)
14 -15/4 curta:	Movement e O encontro marcado
16/4 curtas:	Concrete Music, Art as Arte: Vestibular
17/4	Carnaval e Futebol
18/4	Leme/Leblon
19-21/4	Apolo & Daphne, Icarus
22 - 23/4	Os capitães da areia
24/4	Winter
25/4	The Sword in the Stone
26-29	The Taverner
29/4 - 2/5	Brave New World

e começando segunda-feira, 3 de maio, uma antologia dos filmes de David Parsons

3/5	Submarines
4/5	Inside out
5/5	Back to the Top of the Hill

O PROGRAMA COMPLETO SERÁ REVELADO NA ÚLTIMA SEMANA DE MAIO.

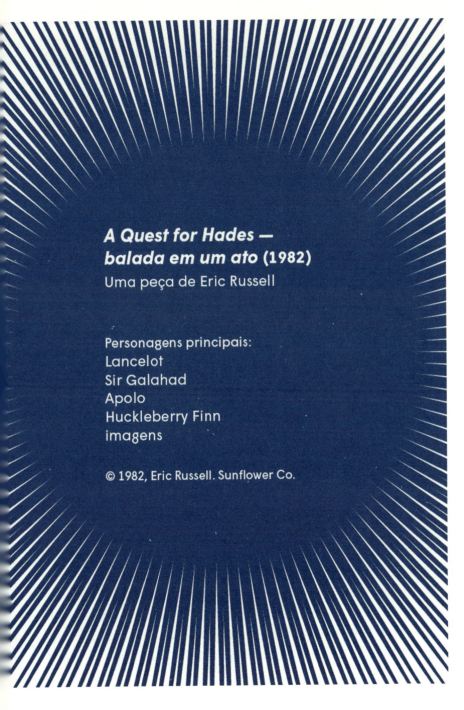

A Quest for Hades — balada em um ato (1982)
Uma peça de Eric Russell

Personagens principais:
Lancelot
Sir Galahad
Apolo
Huckleberry Finn
imagens

© 1982, Eric Russell. Sunflower Co.

Seja como for, ele me fala sobre um personagem, Hades, que, na verdade, é filho de um certo Cronos, que é o deus do tempo, sabe. E esse, hmm, Hades tem uma ilha.

(Chega perto de Huck. Passa o baseado para ele.)

SIR GALAHAD: Onde vivem os mortos.

(Huck olha para ele. Encara.)

SIR GALAHAD: Ele nunca deixa que saiam da ilha. Só... só às vezes. Ele tem uma esposa e eles vivem juntos, com os mortos.

HUCK: Você acha que a minha mãe tá lá?

SIR GALAHAD: Às vezes.

(Ele olha para baixo. Uma pausa. Olha de novo para Huck.)

SIR GALAHAD: Tenho pensado muito nisso.

HUCK: Em quê?

SIR GALAHAD: Hades. Os mortos. Não sei.

(Uma pausa. Huck reacende o baseado.)

SIR GALAHAD: Sabe, sabe quando uma coisa entra na sua cabeça, e você fica pensando naquilo e às vezes para, mas volta e fica pensando muito naquilo... Muito. Quer dizer, tipo, você descobre que fica pensando naquilo o tempo todo, mesmo que não queira... pensar, sabe...

HUCK: É como eu e os cavaleiros.

SIR GALAHAD: O seu... Aquela coisa que você inventou?

HUCK: É. Como... continue pensando nisso.

SIR GALAHAD: Tipo o quê?

HUCK: Essa, ahn, busca. Sabe, quando vocês foram atrás do Santo Graal e tal. Eu criei umas imagens. De cavaleiros e dançarinos, tipo, eles subitamente descobriam que os pesadelos eram de verdade, sabe. E os espelhos. Eles têm... Eles deviam, tipo, fazer essa busca, mas não sabem o que é e são atacados por uma... imagem maligna, em suas mentes, só que agora é de verdade. E eles não conseguem mais sonhar. Não está dentro da mente deles. Está (desamparado, encara firmemente Sir Galahad) bem na porta!

SIR GALAHAD: Uma busca não é fácil.

HUCK: Tenho que fazer uma busca. Eu sei. Estou cansado do rio e do Tom e dos escravos e de tudo o mais. Você saiu numa busca. Quer vir comigo? Quer me ajudar?

SIR GALAHAD: Huck, não é fácil.

HUCK: Cansei da escola. Cansei de esperar. As mudanças parecem nunca chegar... pra mim.

SIR GALAHAD: O seu corpo está mudando? Quantos anos você tem?

HUCK: Treze. E você?

SIR GALAHAD: Eu tenho vinte.

HUCK: Não quero esperar. E não consigo ver mudança. Nada. Só estou mais alto.

SIR GALAHAD: Só isso?

HUCK: É.

SIR GALAHAD: Eu pensei que a mudança já tinha começado. Quer dizer, tipo, o seu pau e tal. Foi tudo muito rápido pra mim, sabe. Eu lembro.

HUCK: Nada. Ainda não tem pentelho em lugar nenhum. Nada. Nenhuma mudança. Minha voz não esganiça. Ainda sou uma criança, um moleque. Ainda nem tenho porra.

SIR GALAHAD: Eu tenho.

HUCK: E como é?

SIR GALAHAD: Bom.

(Uma pausa.)

HUCK: Eu quero ser que nem você. Deixa eu te olhar.

SIR GALAHAD: Na hora certa. Eu não quero te usar.

HUCK: O que você quer dizer com isso?

SIR GALAHAD: Não antes da busca.

PRÓLOGO

Floresta de Sherwood. Uma clareira; uma arvorezinha à distância à direita e um grande carvalho entre o centro e a esquerda do palco. Rochas. Um jovem de cerca de catorze anos senta-se numa rocha, vara de pesca na mão. Chapéu velho de palha, camisa xadrez, aberta, mangas dobradas. Bermuda azul, descalço. Os galhos e as folhas das árvores estão acima da sua cabeça. Uma luz verde absurda. Enquanto as cortinas se abrem, o garoto está concentrado tentando consertar a vara, mas de repente para e a põe no chão junto aos pés e olha adiante. Pensativo. Súbitos ruídos de TV, estática de rádio (o som de alguém que tenta sintonizar uma estação). Música, vozes. O volume aumenta lentamente, mas nunca fica alto demais.

HUCK: (como que memorizando um texto) "Que diabos aconteceu com os nossos pesadelos? Não são mais pesadelos. É um jovem assombroso e uns velhos, que nem a vida real na nossa porta." (levanta-se e abre os braços, Cristo crucificado, uma saudação názi, aponta direções) "Nos acudam! Com todos e com tudo! Os sentinelas foram todos mortos... Enviem espelhos, amantes, dançarinos... E tragam de volta os nossos pesadelos." (senta-se novamente, apanha cigarro e fósforos em outra rocha. Acende. Fuma) "Que diabos aconteceu com os nossos pesadelos"... etc.
(Entra pela direita um jovem de jeans, tênis e camiseta.)
SIR GALAHAD: (interrompe a segunda leitura) O que você está fazendo?
HUCK: (para, com naturalidade) Puxando um baseado. Por quê?
SIR GALAHAD: (apoia-se contra o carvalho, escorrega) Estou tão cansado. E, ah, tão entediado. (Olha para Huck) Me passe um.
HUCK passa para ele.

HUCK: Fui pra escola hoje.

SIR GALAHAD: E?

HUCK: Hmm-hmm.

SIR GALAHAD: Eu pensei que você tinha dito que nunca mais ia voltar pra escola. Não é?

HUCK: (esquecido) Quê?

SIR GALAHAD: Você não tinha dito que... (puxa o baseado)

HUCK: Disse sim.

SIR GALAHAD: Oh, o que você veio fazer aqui em Sherwood? (tosse)

HUCK: (preguiçoso, entediado) Hmm. Nada. Quase nada. (deita-se) Tipo, tô só, tô só tentando (enquanto pega o baseado de volta). Obrigado, tentando (molha o dedo com cuspe e enrola melhor o baseado) memorizar esse verso, ah... essa coisa que eu fiz (fuma).

SIR GALAHAD: (curioso) Pesadelos, sentinelas, espelhos... Credo!

HUCK: Não tinha nada pra fazer na escola, sabe. Sentei lá e escrevi umas coisas, tipo, tudo na minha mesa. Williams ficou furioso (sem humor nenhum), me mandou ir à merda, será que eu não posso fazer alguma coisa que preste uma vez na vida? Uma porra daquelas. Então eu desci o hall e sentei perto das fontes, peguei meu caderno porque não tinha nada pra fazer e escrevi esta coisa aqui. (sério) É pra ser sobre, tipo, você sabe, cavaleiros e tal. Fiquei pensando em você quando, quando eu escrevi. (percebe que o baseado apagou. Acende de novo) Pensando.

SIR GALAHAD: (pensativo) Amantes... Dançarinos...

HUCK: (súbito) Não é nada disso que você está pensando. (fuma, traga)

SIR GALAHAD: (deliberadamente) Leia a minha mente.

(Uma pausa. Huck passa o baseado para Sir Galahad.)

SIR GALAHAD: (cowboy) Sabe, a gente tava numa aula de mitologia hoje. (fuma) Era sobre caos, Cronos, Hades e tal.

HUCK: Quem?

SIR GALAHAD: Williams, quem mais. (fuma)

HUCK: Ele não dá mitologia pra gente.

SIR GALAHAD: Não é pra criança, sabe.

HUCK: (tranquilo) Ah.

(Uma pausa. Huck pega uma pedrinha e joga de propósito em Sir Galahad. O baseado cai de suas mãos.)

SIR GALAHAD: (maneiro) Sai dessa, cara! (em tom de conversa)

HUCK: E se eu mudar? Logo? Se virar homem? Você não me serviria pra nada. Eu não ia querer saber como você é. Eu seria um homem. Eu mesmo. Sem precisar ver outro.

SIR GALAHAD: Tudo tem sua hora. Você nunca viu um homem? Não é possível. Nem quando você estava na beira do rio?

HUCK: Não. Só crianças. Eu devo ter uma ideia, mas não. Vi mulheres, verdade. Várias delas.

SIR GALAHAD: E você não sabe como é um homem adulto. No meio das pernas.

HUCK: (envergonhado) Não. (olha pra cima) Preciso de uma busca.

(Uma pausa.)

SIR GALAHAD: Essa... isso que você falou. Não seria correto eu fazer por você. Não seria considerado correto. Eu ia pedir pra você fazer umas coisas. Ia querer que você fosse uma mulher.

(Huck olha para ele.)

SIR GALAHAD: Se você me visse, eu ia querer te amar. Não conseguiria me controlar. Ia ficar duro. Você fica duro, não fica?

HUCK: Tipo o quê?

SIR GALAHAD: Você sabe, o pau, quando cresce, e você se sente diferente. Se sente bem.

HUCK: Acontece. Às vezes, quando eu penso na minha busca e imagino como seria um homem adulto, eu toco nele e, hmm, faço uma coisa e depois paro. Me sinto meio alegre e culpado ao mesmo tempo. Sei lá. Você se sente assim?

SIR GALAHAD: Não sinto a culpa. Não mais. Não.

HUCK: E você… o seu fica bem grande?

SIR GALAHAD: (ri) Tipo assim, eu acho. (faz um gesto de tamanho com as mãos) Vermelho. Vermelho e duro que nem pedra.

(Huck ri.)

HUCK: Eu queria ser você. (triste) Você foi numa busca.

SIR GALAHAD: Já faz muito tempo. Eu tinha dezesseis anos.

HUCK: Naquela época você já tinha mudado?

SIR GALAHAD: Tinha.

(Uma pausa.)

SIR GALAHAD: A gente pode pensar nisso outra hora. Eu ainda tenho muita coisa pra fazer. Escola.

HUCK: Não, por favor, vamos simplesmente parar! Largar! (sério) Agora. Eu não quero saber de escola. Eu li sobre você nos livros. Também posso ler sobre mim mesmo nos livros.

SIR GALAHAD: Eu li sobre você. Tudo sobre você.

HUCK: Então você me conhece. Eu sei tudo sobre você também… A busca.

SIR GALAHAD: Hades…

(Sir Galahad se levanta. Huck o acompanha.)

SIR GALAHAD: Vou fazer o que você pediu. Vou mesmo.

HUCK: Quando?

SIR GALAHAD: Na hora certa. Você vai ser meu.

HUCK: E se eu não quiser? (joga fora o baseado)

SIR GALAHAD: Eu não vou deixar você me tocar. Você não vai entrar nas minhas calças. Não vou baixar o meu jeans. Não vai ter busca nenhuma.

HUCK: E se eu quiser que você seja meu?

SIR GALAHAD: Eu nunca fui parte de outro homem.

HUCK: Eu não sou homem.

SIR GALAHAD: Ainda.

HUCK: Você está com medo?

SIR GALAHAD: Sim. Eu posso falhar e me apaixonar por você. Não quero ser escravo. De ninguém. Não como o meu pai.

HUCK: Mas e se acontecer?

SIR GALAHAD: Eu nunca vou te largar.

HUCK: Seremos dois homens, juntos.

SIR GALAHAD: A busca é que vai dizer.

HUCK: Galahad. (enquanto Galahad se afasta) Galahad!

(Sir Galahad levanta-se e senta-se ao lado de Huck. Pega a vara de pescar e brinca com ela por um tempo. Depois a deixa de lado.)

SIR GALAHAD: Eu vou fazer o que você falou pra eu fazer.

HUCK: (avisando) Lembre. Eu é que vou dizer a hora de parar.

SIR GALAHAD: Então. (ri) Pode ser que demore a tarde toda.

HUCK: Talvez até mais.

SIR GALAHAD: (ri) Você tá meio desesperado, né?

HUCK: (envergonhado) Você disse que ia fazer.

SIR GALAHAD: Eu vou. Mas agora vou falar o que quero que você faça.

HUCK: É justo.

SIR GALAHAD: Você pode me tocar?

HUCK: É o que eu quero. Eu já, eu já te disse. Anda, agora.

SIR GALAHAD: Eu quero que você me beije. Ali. Todo.

HUCK: Você está querendo dizer...

SIR GALAHAD: Todo. Quero que você saiba como é o cheiro de um homem.

HUCK: Não!

SIR GALAHAD: Shhh! Você vai fazer isso, sim. Lembre o que você disse.

HUCK: Mas... eu não quero!

SIR GALAHAD: Lembre. É o que você quer fazer. Sou eu que dito as regras agora. E sou eu que vou dizer a hora de parar.

HUCK: (resignado) Não posso quebrar minha palavra. Vou fazer o que você quiser.

SIR GALAHAD: Vai mesmo e provavelmente vai gostar. Se não gostar...

HUCK: Anda, diz. O que você quer?

SIR GALAHAD: Quero que você me lamba pra valer. Em todo lugar. Veja como é o gosto de um homem. Quero pôr meu pau na sua boca. Quero que você chupe quando ficar duro. Quero que você ponha a cabeça dentro da boca e deixe bem molhada com cuspe. Quero que você chupe. Como um bebê.

HUCK: Eu quero. Quero saber como é. Quero mesmo. Fiquei curioso agora. Quero de verdade.

SIR GALAHAD: Mentira!

(Chega bem perto de Huck.)

SIR GALAHAD: (suave) Mentira. Mas você vai chupar, sim. E engolir um monte de porra. Cada gotinha. Depois você vai abrir o meu rabo e vai sentir meu gosto ali. (agora bem suave) Eu quero que você me lamba e molhe o meu cu com cuspe. Me lamba todo. Saiba o meu cheiro. Você vai fazer isso.

(Uma pausa. Huck se apoia em Sir Galahad, como que exausto.)

SIR GALAHAD: Depois eu vou tirar a sua roupa e te deixar pelado como no dia em que você nasceu. E vou fazer o que você fez comigo. Com você. Vou te saborear, te chupar todo, te lamber. Vou saber como é o gosto de um garoto. E quando eu ficar duro de novo, vou te deitar, abrir as suas pernas e te foder. Vou enfiar meu pau no seu cu e vou socar até o talo e te foder.

(Sir Galahad agora segura Huck em seus braços.)

SIR GALAHAD: Eu vou sentir você por dentro, molhado, quente. Meu pau vai brilhar de tanta porra. E você vai me limpar chupando e vai descansar a cabeça no meio das minhas pernas, pau e bolas.

(Uma pausa.)

SIR GALAHAD: Eu vou fazer você me foder e vou sentir seu pau de menino dentro de mim, socando pra dentro e pra fora até você ficar exausto de tanto foder. Depois a gente vai dormir.

HUCK: Eu fiquei duro.

SIR GALAHAD: Eu também. Sente só.

(Huck o toca.)

HUCK: Ah, por favor, me deixa ver.

SIR GALAHAD: Na hora certa.

HUCK: (ainda toca) Quando?

(Sir Galahad para. Huck chega mais perto.)

HUCK: Você vai mesmo fazer tudo isso?

SIR GALAHAD: Quer que eu faça?

HUCK: Quero.

SIR GALAHAD: Você entende que ninguém pode saber disso?

HUCK: Entendo, sim.

SIR GALAHAD: Você sabe o que pode acontecer se alguém, qualquer um, mesmo um dos seus amigos, descobrir? Você sabe o que vão falar? E pensar? (põe a mão nos ombros de Huck) Você sabe do que eles vão nos chamar se descobrirem?

(Huck olha para baixo.)

HUCK: É errado?

SIR GALAHAD: É, acho que é.

HUCK: Mesmo se for uma busca?

SIR GALAHAD: A busca é sua, só sua.

HUCK: Mas eu quero.

SIR GALAHAD: Huck, a gente, escuta aqui, a gente falou muita coisa. (ele se afasta) Eu falei que vou fazer o que você quiser que eu faça, mas você precisa me contar exatamente o que quer, antes de a gente começar.

HUCK: Eu quero te ver.

SIR GALAHAD: Você está me vendo agora.

HUCK: Você entendeu.

SIR GALAHAD: Eu quero as palavras. Quero que você diga exatamente o que quer que eu faça. Ande, diga agora.

(Huck volta ao lugar onde estava. Senta-se, desamparado.)

SIR GALAHAD: Você tem que dizer as palavras. Não pode ser um segredo entre nós. Para os outros, sim, tem que ser segredo, mas a gente tem que ser honesto e franco sobre tudo entre nós. Você tem vergonha de falar o que você quer que eu faça? Eu vou fazer exatamente o que você quiser, mas primeiro você tem que falar exatamente o que quer. Tudo. (ele se aproxima e para bem perto de Huck) Tem que descrever cada mínimo movimento que eu devo fazer.

(Uma pausa. Huck olha para ele.)

HUCK: (gagueja) Quero que você... Quero que você... fique na minha frente, desabotoe o seu jeans (cuidadosamente), baixe o zíper, baixe a calça até o joelho...

(Olha para Sir Galahad como quem pergunta se pode continuar.)

HUCK: (nervoso, lento) Eu... Eu quero que você tire o pinto para fora, pra eu ver... como você é. Quero ver o seu pau. E todo o resto.

SIR GALAHAD: Siga em frente.

HUCK: Eu quero tocar. Tocar tudo.

(Sir Galahad se ajoelha na frente dele e escuta.)

HUCK: Acho que é...

SIR GALAHAD: Que é isso?

(Uma pausa. Huck o encara, com medo.)

HUCK: (um sussurro) Eu quero que você deixe ele duro pra mim e faça ele gozar. Eu também quero tocar. (um pouco mais alto) Depois quero que você se deite pra eu ver tudo. Quero te tocar inteiro. (devagar) E quero ver a sua bunda também. Quero que você se deite e me mostre. Tudo. Bem de perto. Como se fosse meu.

(Uma pausa.)
HUCK: Acho que é isso.
(Ele olha para cima.)
HUCK: Você vai fazer isso?
(Ele volta a olhar para baixo.)
HUCK: Eu disse a verdade. É o que eu quero que você faça.

GLOSSÁRIO DE TERMOS MUSICAIS

BOOTLEG — Gravação não autorizada.

BOUZOUKI — Instrumento musical grego de som metálico, semelhante ao mandolim, composto por um corpo em forma de pera, um braço longo e três ou quatro pares de cordas, tocado com palheta.

DISC JOCKEY — DJ; pessoa que seleciona, toca e mixa músicas gravadas.

DOBRO — Violão acústico de cordas de aço muito usado na música country, com um cone de metal ressonante integrado ao corpo de madeira que projeta o som. É tocado com um *slide* (tubo de metal ou vidro que se encaixa no dedo) e produz som semelhante ao do banjo. Contração do nome de seus inventores eslovacos, os Dopera Brothers (John, Rudy, Emil), a palavra também significa "coisa boa" em eslovaco. Embora os inventores reivindiquem seu uso desde 1929, a patente foi criada em 1947, e em 1994 adquirida pela Gibson.

DULCIMER — Saltério. Instrumento medieval, percussivo, semelhante à cítara, formado por uma caixa trapezoidal de madeira e um número variável de cordas de aço, tocado com baquetas. Do latim *dulci* (doce) e do grego *melos* (canção), o nome greco-romano significa "canção doce". Nos Estados Unidos, o instrumento é resgatado no fim do século XX pela música folk americana.

EP — Sigla de Extended Play, gravação musical que contém mais faixas que um single, mas menos faixas que um álbum. Originalmente aplicado ao vinil de 78 rotações e ao LP, o nome serve hoje também para CDs.

FITA DEMO — Gravação musical demonstrativa, não profissional, que serve de portfólio para bandas se apresentarem a gravadoras.

FITA MESTRE — Gravação original, da qual procediam sucessivas cópias trocadas entre os fãs das bandas ou artistas. A cada reprodução, porém, havia prejuízo da qualidade do som, o que tornava importante saber qual a "geração" da cópia. Por exemplo: 3ª geração = cópia da cópia da cópia da fita mestre.

GUITARRA HAVAIANA — Também chamada de lap steel guitar, é uma guitarra tocada no colo, na posição horizontal, em estilo original do Havaí que se disseminou na América nos anos 1910 e levou à criação de instrumentos adaptados para este fim.

HILLBILLY — Música popular americana criada nas regiões montanhosas do sul dos Estados Unidos, que tem o banjo, o violão e um violino folk como instrumentos principais. Música country-western.

JAM — Sessão em que músicos se encontram para tocar de forma improvisada, sem muito ensaio.

MELLOW — Tipo de música suave e relaxante.

MOOG — O termo originalmente se refere a sintetizadores analógicos criados por Robert Moog ou produzidos pela Moog Music, mas também cabe a qualquer sintetizador analógico de velha geração, que teve como marca pioneira a Moog, nos Estados Unidos dos anos 1960.

OVERDUB — Técnica mais comum usada na gravação de áudios desde os anos 1960, o overdub permite que um músico ouça o que foi gravado previamente ao mesmo tempo em que toca alguma coisa nova, que também será gravada.

PEDAL STEEL, PEDAL STEEL GUITAR — Espécie de guitarra horizontal fixa sobre quatro pés, característica da música country americana, tocada como uma guitarra havaiana. A tensão das cordas é controlada por pedais para os pés e alavancas para os joelhos, que alteram o som dos acordes.

QUARENTA E CINCO ROTAÇÕES — Nome dado aos discos de vinil ou LPS que rodam a 45 rotações por minuto.

RAGTIME — Gênero musical que floresceu em comunidades afro-americanas como St. Louis, caracterizado pelo ritmo sincopado, cujo período de maior destaque se deu entre 1895 e 1918, mas que foi revisitado inúmeras vezes ao longo do século xx. O termo vem da palavra "ragged", que significa "irregular".

RECEIVER — Receptor e amplificador de áudio.

RIFF — Breve frase melódica, rítmica ou harmônica, tocada repetidas vezes ao longo de uma composição musical, conferindo a ela uma marca distintiva. Os riffs são mais comuns no jazz, no blues e no rock, e geralmente são tocados na guitarra, mas podem aparecer em outros gêneros musicais e em outros instrumentos.

RHYTHM 'N' BLUES — Muitas vezes abreviado por R&B, gênero popular de música afro-americana originado nos anos 1940, que se desenvolveu a partir do blues. Já foi sinônimo de soul e funk e mais recentemente se estabeleceu como híbrido de soul, funk, hip hop, pop e dance.

SINGLE — Música lançada individualmente, ou com menos faixas que um EP, geralmente para divulgar um álbum de que ela faz parte.

CRÉDITOS DAS IMAGENS

MANUSCRITOS DE RENATO RUSSO

pp. 10, 135: Reprodução de Renato Parada

p. 146: Reprodução do Museu da Imagem e do Som (MIS-SP). Preservação do acervo Renato Russo: Equipe do Centro de Memória e Informação do MIS (CEMIS)

ESTA OBRA FOI COMPOSTA POR ELISA VON RANDOW E ACOMTE
EM ALBERTINA E IMPRESSA PELA GEOGRÁFICA EM OFSETE SOBRE
PAPEL PÓLEN SOFT DA SUZANO PAPEL E CELULOSE PARA A
EDITORA SCHWARCZ EM SETEMBRO DE 2016

A marca FSC® é a garantia de que a madeira utilizada na fabricação do papel deste livro provém de florestas que foram gerenciadas de maneira ambientalmente correta, socialmente justa e economicamente viável, além de outras fontes de origem controlada.